新时代诗歌百人读本

李少君　符力　主编

长江出版传媒

长江文艺出版社

目录 / contents

吉狄马加   时间的入口 / 001   老去的斗牛 / 004

            马鞍的赞词 / 006

李少君   春风再一次刷新了世界 / 012

            我是有大海的人 / 012

            应该对春天有所表示 / 014

胡　浩   星空微澜 / 015   马丘比丘 / 015

            郊区生活 / 016

谢宜兴   宁德故事 / 018

邵　悦   每一块煤，都含有灯火通明的祖国 / 022

            为祖国燃出一小块红红火火 / 023

            港珠澳大桥 / 024

宁　明   今天，我画下一张蓝色的地图 / 026

            起飞中国 / 027

龙小龙   写意：中国工业园 / 031

刘笑伟   朱日和：钢铁集结 / 034

            从一朵花中，我找到整个春天 / 036

陈国良   延安的雨 / 038   有这样一群人 / 039

邱华栋   蓝色太平洋 / 042   绿色太平洋 / 043

李　瑾   一场雨 / 044

毛东红   喜鹊 / 045

徐南鹏　　　　花记 / 046

王二东　　　　快递中国 / 048

苏雨景　　　　该怎么书写我的祖国 / 052

　　　　　　　春天，就是一场生命的接力 / 053

阿　信　　　　大雪 / 055　　白马 / 055

　　　　　　　两个人的车站 / 056

阿炉·芦根　　一步千年 / 058

金占明　　　　大变迁 / 061

王法艇　　　　钢铁：给一种精神命名 / 065

　　　　　　　芝麻开花的隐喻 / 067

姜念光　　　　流水账 / 072

龙红年　　　　使命 / 074

陈　勇　　　　大道阳关 / 075

谈雅丽　　　　重温"深圳速度" / 078

汤养宗　　　　银匠 / 081　　象形的中国 / 081

师力斌　　　　假日祖国 / 083　　从月亮看你的行程 / 084

许　强　　　　我只想听听，乡村的心跳 / 086

戎　耕　　　　哨卡记 / 088　　封山记 / 089

王学芯　　　　物联网小镇 / 091

林　莽　　　　地铁车厢对面的女孩 / 095

黄成松　　　　过北盘江特大桥 / 096

横行胭脂　　　宁夏长歌 / 097　　西部女人 / 099

江　耶　　　　对一块特殊的煤的解读 / 100

远　洋　　　　向开拓者致敬 / 102

罗鹿鸣	长沙南站 / 104	汽车站，出发与抵达 / 105
马　飚	这些不知自己伟大的人 / 107	
田　湘	第一书记 / 109	
朱小勇	高铁司机陈承仪 / 111	
车延高	物联网小镇 / 115	
张学梦	伟大的思想实验 / 117	
古　马	江南小景 / 128	天堂小镇 / 129
刘立云	堆满银子的地方 / 130	七号界碑 / 131
缪克构	幸福 / 133	
许　岚	大国工匠 / 134	
蓝　野	海滩上的焰火 / 136	
海　男	星期五的白色泡沫 / 137	
阿　华	花儿开得很好 / 139	
安　琪	春天，杏花 / 140	
陈　翔	在国家图书馆 / 141	
程　维	向悲壮的中年致敬 / 142	
大　解	下午的阳光 / 143	画手表 / 144
董国政	花，或女人的马拉松 / 145	
冯　娜	诗歌献给谁人 / 146	出生地 / 146
	祖国 / 147	
龚学敏	春天的阿哥 / 148	
桂兴华	新书架里的旧瓦片 / 150	
郭建强	昆仑峡口 / 152	
黄礼孩	无限的凝视 / 153	

简　明　　　　立体的祖国 / 154

剑　男　　　　忙音 / 156　清明 / 157

康承佳　　　　因为你 / 158　武汉二月 / 158

李　点　　　　大海短章 / 160

林　雪　　　　扫街人 / 162

黎　阳　　　　赶路，夜行成昆线 / 164

康宇辰　　　　归家之路 / 165

孔祥敬　　　　紫蓬之夜 / 167

施施然　　　　雾中访那色峰海 / 168　印度洋 / 168

李满强　　　　丁酉冬日，与诸友在永兴岛仰望星空 / 170

李　琦　　　　世界 / 171　梨树印象 / 172

李郁葱　　　　春日，再一次江畔漫步 / 173

李元胜　　　　树正寨歌谣 / 174　过三沙北礁 / 175

梁尔源　　　　今年清明种棵松 / 177　玫瑰的温度 / 177

卢文丽　　　　所有美好的事物都将翩然抵临 / 179

路　也　　　　辽阔 / 181　小山坡 / 182

罗　铖　　　　我爱着 / 184　如果父亲能说出答案 / 184

娜　夜　　　　幸福 / 186　想兰州 / 187

年微漾　　　　大美工匠 / 188

秦立彦　　　　初夏的歌 / 192

宋心海　　　　我和风都是这里的仆人 / 193

汪剑钊　　　　比永远多一秒 / 194

　　　　　　　科尔沁草原上的蒙古栎 / 194

汪再兴　　　　十月的天空 / 196

王若冰	在察尔汗盐湖 / 198　御道口牧场 / 198
王文海	秋日：读草木 / 200　桑干河记 / 201
吴少东	清晨 / 202
熊　曼	阴影 / 203
谷　禾	绵绵的桂花的香气袭来 / 204
	去菜市场的路上听到鸟鸣 / 205
彭惊宇	火焰山下 / 206　高高的白杨树 / 207
王兴伟	高铁时代 / 209
潘　维	蒙古马 / 210
瘦西鸿	我的祖国 / 212
朱仁凤	春天的故事之一 / 215
	开往春天的列车 / 216
徐必常	打开一扇窗迎接轻风拒绝不了尘埃 / 218
许　敏	大地之子与一粒麦子的思念 / 220
杨　克	南海海眼 / 222　热带雨林 / 223
杨四平	想起那面飘忽的小旗 / 225
杨泽西	中午 / 226
叶　梓	多依河 / 227
一　度	孩子们 / 228　杏花落 / 228
张勇敢	我爱你 / 229
仲诗文	秋之夜 / 230
聂　茂	刘胡兰 / 231
曹宇翔	桃花岛之春 / 233

吉狄马加

时间的入口

有诗人写过这样的诗句：
——时间开始了！
其实时间从未有过开始，
当然也从未有过结束。
因为时间的铁锤，无论
在宇宙深邃隐秘的穹顶，
还是在一粒微尘的心脏，
它的手臂，都在不停地摆动，
它永不疲倦，那精准的节奏，
敲击着未来巨大的鼓面。
时间就矗立在我们的面前，
或许它已经站在了头顶，
尽管无色、无味、无形，
可我们仍然能听见它的回声。
那持续不断的每一次敲击，
都涌动着恒久未知的光芒。
时间不是一条线性的针孔，
它如果是——也只能是
一片没有边际浮悬的大海。
有时候，时间是坚硬的，
就好像那发着亮光的金属，

因此——我们才执着地相信，
只有时间，也只能是时间，
才能为一切不朽的事物命名。
有时候，时间也是柔软的，
那三色的马鞍，等待着骑手，
可它选择的方向和速度，
却谁也无法将它改变。
但是今天，作为一个诗人，
我要告诉你们，时间的入口
已经被打开，那灿烂的星群
就闪烁在辽阔无垠的天际。
虽然我们掌握不了时间的命运，
也不可能让它放慢向前的步伐，
我们却能爬上时间的阶梯，
站在人类新世纪高塔的顶部，
像一只真正醒来吼叫的雄狮，
以风的姿态抖动红色的鬃毛。
虽然我们不能垄断时间，
就如同阳光和自由的空气，
它既属于我们，又属于
这个星球上所有的生命。
我们知道时间的珍贵，
那是因为我们浪费过时间，
那是因为我们曾经——
错失过时间给我们的机遇，
所以我们才这样告诉自己，
也告诉别人：时间就是生命。
对于时间，我们就是骑手，

我们只能勇敢地骑上马背，
与时间赛跑，在这个需要
英雄的时代，我们就是英雄。
时间的入口已经被打开，
东方这片古老土地上的子孙，
已经列队集合在了一起。
是的，我们将再一次出发，
迎风飘动着的，仍然是那面旗帜，
它经历过血与火的洗礼，
但留在上面的弹孔，直到今天
都像沉默的眼睛，在审视着
旗帜下的每一个灵魂。
如果这面旗帜改变了颜色，
或者它在我们的手中坠落在地，
那都将是无法原谅的罪过。
我们将再次出发，一个
创造过奇迹的巨人，必将在
世界的注目中再次成为奇迹。
因为我们今天进行的创造，
是前人从未从事过的事业，
我们的胜利，就是人类的胜利，
我们的梦想，并非乌托邦的
想象，它必将引领我们——
最终进入那光辉的城池。
我们将再次出发，吹号者
就站在这个队伍的最前列，
吹号者眺望着未来，自信的目光
越过了群山、森林、河流和大地，

他激越的吹奏将感动每一个心灵。
他用坚定的意志、勇气和思想，
向一个穿越了五千年文明的民族，
吹响了新时代——前进的号角，
吹响了新时代——前进的号角！

老去的斗牛
——大凉山斗牛的故事之一

它站在那里
站在夕阳下
一动也不动
低垂着衰老的头
它的整个身躯
像被海浪啃咬过的
礁石
它那双伤痕斑斑的角
像狼的断齿

它站在那里
站在夕阳下
紧闭着一只
还剩下的独眼
任一群苍蝇
围着自己的头颅飞旋
任一些大胆牛虻
爬满自己的脸

它的主人不知到何处去了

它站在那里

站在夕阳下

这时它梦见了壮年的时候

想起火把节的早晨

它好像又听见头上的角发出动人的声响

它好像又听见鼻孔里发出远山的歌唱

它好像又嗅到了斗牛场

那熟悉而又潮湿的气息

它好像又感到一阵狂野的冲动

从那黑色的土地上升起

它好像又感到

奔流着的血潮正涌向全身

每一根牛毛都像坚硬的钢丝一般

它好像又听到了人们欢呼的声音

在夏日阳光的原野上

像一只只金色的鹿

欢快着奔跑着跳跃着

它好像又看见那年轻的主人牵着它

红色的彩带挂在了头顶

在高高的山冈

它的锐角挑着一轮太阳

红得就像鲜血一样

它站在那里

站在夕阳下

有时会睁开那一只独眼

望着昔日的斗牛场

发出一声悲哀的吼叫
于是那一身
枯黄的毛皮
便像一团火
在那里疯狂地燃烧

马鞍的赞词

沉默的时候，时间的车轮，
并没有停止

等　待

回忆昔日的黄金，
唯独只有骑手醒来：

风吹过眼球，
吹过头颅黑色的目光。
鼓动的披风，自由的
手势，与空气消融。

鹰隼的儿子，
另一半隐形的翅膀，
呈现于光的物体。

飞翔于内在的
悬疑，原始的秘密，

熄灭在鸟翅之上。

至尊的荣誉，
在生命之上，死亡的光环
涌动在群山的怀抱。
骑手，还在颂词中睡眠，
但黎明的吹奏
却已经在火焰的掩护下
开始了行进。

符号的隐喻

骑手没有名字，
他们的名字排列成阶梯。
鞍座只记忆胜利者，
唯有光明的背影，永远
朝前的姿势融化于黑暗。

眼底的空洞透明晶莹，
风的手指紧紧地拽着后背。
马脊骨是一条直线，
动与静在相对中死去，
旋转的群山坠落入蓝色，
苍穹和大地脱离了时间。

耳朵转向存在的空白，
在迅疾的瞬间，进入了灭亡。
针孔。黑洞。无限。盲点。

声音弥散在巨大的宇宙，
周而复始的替换，没有目的，
喉咙里巫语凝固后消失。

哦，骑手！不论你的血统怎样，
是紫色，是黑色，还是白色，
马背上的较量只属于勇士。
没有缝隙，拒绝任何羞耻的呼吸，
比生命更高贵的是不朽的荣誉。
你看，多快的速度穿过了肋骨，
只有它能在天平上分出高低。

马蹄铁的影子

永远不会衰竭……
每一次弯曲，都以绝对的
平衡告别空虚。
肢体的线条自由地起伏，
踏着大地盛开的花朵。
无数的幻影叠加飞行，
前倾的身体刺入了未来，
肩膀上只有摇曳的末端。

四肢的奔腾悬浮空中，
撒落的种子，
受孕于无形的胎心。
持续性的那一边，
没有燃烧的箭矢。

名字叫达里阿宗的坐骑，
被传颂在词语的虹膜，
不被意识的空格拉长，
但能目睹马蹄铁的坠落。
无须为不朽的勇士证明，
那些埋下了尸骸的故土，
只要低头凝视，就能找到
碎铁的一小片叶子。

三色的原始

黑色的重量透彻骨髓，
那是夜晚流动的秘密，
大地中心的颜色，
往返坐直的权杖。

在缄默的灵魂里，
没有，或者说，它的高贵
始终在黄金之上，
所有的天体守候身旁。

太阳的耳环，
光明涌入的思想，
哦，永恒的金属，
庞大溢满的杯子。

抓住万物的头发，
吹动裸露的胸膛，

唯恐逃离另一个穹顶，
词语的舌尖舔舐了铁。

血液暗红的色素，
来自于祭祀的牛羊。
红色的生命之躯，
渴望着石头的水。

只有含盐的血
拌入矿物质的疯狂，
那只手，才能伸向
成熟乳房的果实。

朝我们展开了
生殖力最强的部分，
没有别的颜料，
只有红黄黑
在诞生前及死亡后
成为纯粹的记忆。

静默的道具

能听见无声的嘶鸣，
但看不到那匹马。
当火焰，穿过岩石和星座，
是谁在呼喊骑手的名字？
否则，抬起的前蹄
不会踏碎虚无的存在。

那只手抓住了缰绳，
在马背之上如弧形的弓，
等待奔向黑暗的瞬间。
是骨骼对风的渴望，
还是马鞍自由的意志，
让虚幻的骑手，在轻唤
月色中隐形的骏马？

三色原始的板块，
呈现出宁静的光芒，
原始的底色，潜藏着
断裂后的秘密。
哦，伟大的冲刺才属于你，
拒绝进入那永恒的睡眠。

总有一天，那个时刻，
要降临到词语的中心，
你会突然间醒来，
在垂直的天空下飞翔，
没有头部，没有眼睛，也没有
迎风飘扬的尾巴。
你的四蹄被分成影子，
虽然已经脱离了躯体，
但那马蹄铁哒哒的回声
却响彻回荡在天际。
是的，你已经将胜利的
消息，提前告诉了我们。

李少君

春风再一次刷新了世界

寒冷溃退，暖流暗涌
草色又绿大江南北
春风再一次刷新了世界

浓霾消散，新梅绽放
卸下冬眠的包袱轻装出发
所有藏匿的都快快出来吧

马在飞驰，鹰在进击
高铁加速度追赶飞机的步履
一切，都在为春天的欢畅开道

海已开封，航道解冻
让我们解开缆绳扬帆出海
驱驰波涛奔涌万里抵达天边的云霞

我是有大海的人

从高山上下来的人
会觉得平地太平淡没有起伏

从草原上走来的人
会觉得城市太拥挤太过狭窄

从森林里出来的人
会觉得每条街道都缺乏内涵和深度

从大海上过来的人
会觉得每个地方都过于压抑和单调

我是有大海的人
我所经历过的一切你们永远不知道

我是有大海的人
我对很多事情的看法和你们不一样

海鸥踏浪，海鸥有自己的生活方式
沿着晨曦的路线，追逐蔚蓝的方向

巨鲸巡游，胸怀和视野若垂天之云
以云淡风轻的定力，赢得风平浪静

我是有大海的人
我的激情，是一阵自由的海上雄风
浩浩荡荡掠过这一个世界……

应该对春天有所表示

倾听过春雷运动的人，都会记忆顽固
深信春天已经自天外抵达

我暗下决心，不再沉迷于暖气催眠的昏睡里
应该勒马悬崖，对春天有所表示了

即使一切都还在争夺之中，冬寒仍不甘退却
即使还需要一轮皓月，才能拨开沉沉夜雾

应该向大地发射一只只燕子的令箭
应该向天空吹奏起高亢嘹亮的笛音

这样，才会突破封锁，浮现明媚的春光
让一缕一缕的云彩，铺展到整个世界

胡　浩

星空微澜

仰望星空
是人类的遗传
在仰望中
我们试图寻找答案
雨后的天空
洁净
美好
像一次恋爱

无数次
我喜欢上了这样的时刻
我看见
一尾鱼
跃出了星空

马丘比丘

晴好里，安第斯群峰奔腾不息
快过浮云
快过乌鲁班巴河的流水

群峰脊背上驮着的就是马丘比丘
印加人王冠上的明珠
人类曾经失落的文明
当你触摸那些残垣上的石头
你会感觉到它们的波动
听到它们发出的声音
其实它们就是印加人的语言
一本古老文明的历史书
你会读到关于发现玉米、白土豆的故事
关于日晷、声律、几何
关于苦难、和平
甚至战争
而今这些石头随意地散落在山巅平原上
与其他的石头没有什么不同
丛草在疯狂地生长
而文明却在暗地里湮没
一群又一群的美洲驼
牵着印加人的后裔
正翻过一道又一道山谷
他们仍旧在与安第斯一起竞走
大风吹来，天空无限广阔与生动

郊区生活

在郊区，就是在城市边缘
在农村边缘
郊区，一枚麻扣

扣着城市的岸线和乡村的风景

生活自然，简单，直观

梁是梁，瓦是瓦

过日子，就是嗑瓜子

壳往外吐

仁往里咽

人们的性格谦和

就像那把锄头往里抠

比如，喜欢把大说成小

小村子，小桥，小户人家，小两口

小炸糕，小葱拌豆腐

过日子叫过小日子

那种幸福叫小幸福

谢宜兴

宁德故事

夕阳下的三都澳

只一瞬间，三都澳亮起来
夕阳像橘红的颜料泼洒在它身上
又像天主教堂里飘出的琴声
一种暖意在凝视的眼里流淌

云絮还是百年前的样子，衬出
海天的湛蓝。修道院和福海关的
墙上，斑驳着荣辱与沧桑
造访者心上有岁月的痂痕

这湖一样深沉宽容的水域
仿佛掠夺与残杀在这里从未发生
海岸边两行蹒跚的脚印
水面上一座摇曳的渔城

可是谁忍不住说出了观感
假如不是百年前的对外通商口岸
假如不是半个多世纪的军港

今天的三都澳会是哪般模样

注：三都澳为宁德市世界级天然深水良港。1898年清政府开放为对外贸易口岸。

最美日出

而今，都知道最美的一轮红日
是从花竹海平面升起
那些守候的镜头，像等待
一场即将召开的盛大的记者会

没有人在意黎明前的蛰伏
从晨光熹微到喷薄而出的壮怀激烈
无垠的天空，多么辽阔的舞台
一个思想者独步理想国

仿佛一辆黄金的车辇从天庭驰过
耀眼的光芒溅起一路惊呼
日出东方，从不缺少仰望者
江山如画，是谁一卷在握

注：霞浦县花竹海上日出，被誉为国内最美日出。

下党红了

一路红灯笼领你进村，下党红了
像柑橘柿树，也点亮难忘的灯盏

公路仍多弯，但已非羊肠小道
再也不用拄着木棍越岭翻山

有故事的鸾峰廊桥不时翻晒往事
清澈的修竹溪已在此卸下清寒

蓝天下林地茶园错落成生态美景
茶香和着桂花香在空气中漫漾

虹吸金秋的暖阳，曾经贫血的
党川古村，血脉贲张满面红光

在下党天低下来炊烟高了，你想
小村与大国有一样的起伏悲欢

注：寿宁县下党乡，曾是福建省定贫困乡、宁德地区四个
特困乡之一。

仙蒲歌

车窗外，漫山青绿
我的目光与肺腑被一洗再洗
群山环护的净土，不容世外污浊

似一个沉睡的细胞，静卧
在大脑沟回似的山峦中，仙蒲
把你唤醒的人，我说残忍

可我也想残忍一回，依山筑庐
共享一段无论魏晋的日子
闲坐庭前，把满山清明写入画图

一条溪踽踽独行穿村而过
偏爱那份寂寞的骄傲，旁若无人
流入我心，不染纤尘

水中蓝天也像溪流洗过
云絮一动不动如山中岁月凝止
丁步上的人一抬脚就跨进白云深处

注：福鼎市仙蒲村是福建省历史文化名村，以生态良好、村民长寿著称。

邵　悦

每一块煤，都含有灯火通明的祖国

对我来讲，没有黑暗
尽管我通体的黑，看上去
像隐秘日月星光的一块暗夜
我从千米深处的地层
被一群矿山的壮汉子
左一锹、右一锹地挖掘出来

亿万年了——
长年累月，黑暗的挤压
成就了我体内的能源
成就了我火热的品格
那群光着脊梁的硬汉子
又把沸腾的热血，注入我体内
把钢铁般坚不可摧的意志
移植到我的骨骼里

他们用家国情怀，挖掘出
我这块煤的家国情怀——
我自带火种，自带宝藏
每一块噼啪作响的我
都含有灯火通明的祖国

为祖国燃出一小块红红火火

而后。我成了一块煤炭
来自黑暗深重的地心
在玄武岩层层叠加的圆圈内
在长长的隧道里
积压了我太多的红，和火
储藏了我太多的热，和光

我蕴含一身的宝藏
日夜企盼被你采掘出来
企盼被你读懂，被你点燃
去为塞北一小块严寒燃起火焰
为江南一小片幽暗放出光亮
我由内到外坚硬的黑色里
全都是等待燃烧的真情

祖国，我的母亲——
你最懂我的内心是怎样的温暖
最知我的衷肠是怎样的火热
你能清楚地看到，我那些
隐约燃起来的信念，和信仰
你，把我树成顶门立户的长子
把我视为喂养大机器的工业粮食
把我当作奠定复兴之路的太阳石

我站立的，铺垫煤田的大地
——就是我的祖国
我深入的，八百里乌金滚滚的煤海
——就是我的祖国
我激情燃烧，祖国就日夜兴旺
我踏上新时代的列车，祖国就飞速向前
我甘愿用身体，为祖国燃起
一小块伟大的红红火火

港珠澳大桥

55 公里的长度，乘以
年年岁岁跨海往返的里程，就等于
两岸同胞心手相连的长度
33 节钢筋混凝土沉管对接的海底隧道
加上后浪推前浪的奔涌，就等于
两岸同胞世代相融的深情
千百年了，我们心中早就架起
这座连心桥，互通不老的乡愁

梦想，从来不会主动走向我们
我们必须大步向它走过去，风雨兼程
无需铺垫，无需语言，无需隐喻
港珠澳大桥，横空出世
——起于海，又止于海
超越此岸，归于彼岸
大海洋上的漫游者，海底隧道的

穿行者，给世界以最大难度的
"深海之吻"——
5664 米长，75000 吨重

伶仃洋的波澜，涌动了那么久
却没有谁在我们之前
敢去"跨"它一下，更没有谁
敢去"深吻"它一下
伶仃洋里，不再叹伶仃
我们以最长、最大、最重的气运
书写中国新时代的格律诗
以精心、精细、精准的崛起
给世界一个平平仄仄的韵律

没有比桥，更直达希望的路
没有比跨越海潮，更澎湃的激情
大海洋，一座桥梁的臣服者
跨海大桥，一个大国崛起的丰碑
建造者、筑梦者——
我们以静水流深
降服万物，又恩泽万物
大洋之上，"一国两制"框架之下
港珠澳大桥，这枚闪光的奖章
别在华夏民族昂首阔步的胸前

宁　明

今天，我画下一张蓝色的地图

今天，我只想在一张洁白的纸上
画下一张蓝色的地图
把整个南海，一笔一画
画在十段象征祖国尊严的虚线之内

一个五十三岁的老兵眼睛有些花了
但南海的每一座最小的岛礁
都不会被我的笔尖落下
我必须提醒自己，画这样的地图时
要瞪大眼睛，绝不可掉以轻心

画着画着，我的眼中便噙满了泪水
我再也不想把任何一块礁石
涂成其他一种颜色
也不想用易擦的铅笔，标注上被谁占领的字样
在我眼里，它们本就应该和祖国大陆
永远保持着同样的鲜红

画到最后，我竟然突发奇想
把十段环绕南海的红色虚线
画成插上翅膀的战鹰

它们像一列日夜巡航的威武鹰阵
把东沙、西沙、中沙、南沙的广阔海域
都庇护在钢铁的翼影之下

这个下午，我对着一张蓝色的地图
回想了许多飞翔的往事
推油门的左手，总有打开"加力"起飞的冲动
而握笔杆的右手，像重新握住驾驶杆
让心和呼啸的战机一起跃升、俯冲
我仿佛又回到了熟悉的起飞线
只等待塔台，发出那一句神圣的命令

起飞中国
——祝贺国产 C919 大型客机首飞成功

我的生命注定要写进这一天的日历
从跨进驾驶舱那一刻起
我就把自己都交给了 C919
它也把命运交给了我
这一天，上海浦东机场的天空阳光明媚
把试飞现场几千人激动的心情
也映照得像五月一样晴朗

我调匀呼吸，再次仔细检查每一项座舱设备
仪表板上的每一只指示灯
都向我意味深长地眨着明亮的眼睛
它们像刚踏上花轿的新娘，眼神儿里充满了

难抑的激动，和一丝掩饰不住的紧张
而此刻的我，心情和 C919 一样
彼此怀揣着好奇，一次次把对方深情地凝视

我了解 C919 不平凡的身世
也听说过它背后藏着太多的动人故事
它是一个吃百家饭长大的孩子
血液里流淌着几千名设计师的腾飞梦想
就连身上穿的衣裳，也是来自祖国的四面八方
——有成都的帽子、江西的上衣、哈尔滨的鞋子
还有西安的风衣、沈阳的裤子、上海的领带……

我还知道，C919 是一个腹有诗书的才子
据说，它有六项学问至今无人可及
能与这样的优秀者合作做队友
是我的荣幸，更是一种信任的依托
我和 C919 神情肃穆，静静地昂立在起飞线上
只待那一句"起飞"的口令

发动机涡轮叶片的旋转比思绪更快
我收回想象，目视笔直的通天大道伸向远方
将心中按捺不住的冲动，用刹车止住
C919 在静止中积蓄着冲刺的力量
我的心和它一起震颤，一起渴盼
巨大的轰鸣声淹没了外界的一切窃窃私语
一个大国的自豪，即将起飞

我感受到了 C919 的巨大推力

它正在让一个民族的伟大梦想不断加速
跑道两侧的障碍物统统被甩在了身后
速度表上的数字在迅速攀升
我在耳机里仿佛听到了自己的心跳
加速滑跑，再加速、加速——
C919 终于盼到了昂首挺胸的时刻

我双手握紧驾驶盘，像轻轻托起
一颗初升的太阳，又像托住了一个初生的婴儿
飞机挣脱大地怀抱的那一刹那
我的心倏然下沉
虽意志决绝，而又依依不舍
这多像十月怀胎的母亲，猛然听到了
那一声让人喜极而泣的幸福哭喊

今天，所有的云朵都格外洁净、安详
它们轻轻擦拭着 C919 修长的双翼
像抚摩一位新过门的蓝天女儿
C919 尽情地沐浴在万里春风和灿烂阳光下
比游弋在大海中的大白鲸游姿更美

飞翔中，我的意志被插上了自由的翅膀
其实，我就是一只巨大的白鸟
用羽翅在蓝天上描绘一幅最美的图画
我要让日月星辰和所有仰望的眼睛
都能看清，并牢牢记下 C919 潇洒的身姿
记住 2017 年 5 月 5 日这个神圣而庄严的日子

是的，我用使命把 C919 送上了天空
我的生命，从此注定要和 China 焊接在一起
天空不再只会掠过 A 字头和 B 字头飞机的身影
更多 C 字头的飞机，将跟随我一起起飞
一个庞大的机群，将穿行在地球未来的上空
用一条条纵横交错的航线
编织出一张巨大的天网，为全人类
日夜打捞，最吉祥、美丽的礼物

龙小龙

写意：中国工业园

中国制造的高纯晶硅

我看见一种有形或者无形的力量
集合着一支队伍
某种一盘散沙的状态终于凝聚成固体物质
具有前所未有的质感和硬度
引领着时代的元素周期

我看见原始的蛮荒与粗野
经过洗礼、合成、精馏、冷凝和还原
经过深层次的围炉夜话
达成了一次又一次的理解与默契
弯曲的道路被工匠精神的热情拉成了
笔直的梦想

我看见种植的黑森林，和小颗粒的阳光
中国的金钥匙，打开了西方的封锁
赋予大格局的意识形态
那闪烁的半导体，正满怀笃定的信念
走向岁月的辽阔

工匠精神：一双手

我要写到一双手
是它，把原野里分散的沙粒汇集在一起
放进熔炉里整合
完成了一次次灵魂和品质的重塑

是它剔除了那些管道里的锈迹和霾尘
去除了不合时宜的因子
使空气格外清新，大地呼吸均匀
江河的血液畅行无阻

淬炼阳光的手
让冷硬的生命发光发热的手
一双手，让伟大诞生于平凡的缔造者
一尊立体的雕塑

有一种建筑叫做还原炉

排布整齐的团队。从一座座银色的熔炼炉
小小的玻璃窗
可以看到那些燃烧的信念和理想
形成声势浩大的正能量

一座座晶硅还原炉
就是一个一个倒扣的小宇宙
酝酿着万物生机

是的，大凡高贵的品质
都是外表冷漠，内心多情而炙热

俨然岁月的熔炉。当高压下的电极
闪电一般穿透了化合的状态
析出游离态的晶亮
像纯洁的辞藻，沿着火红的诗意
幸福地生长

蕴含阳光的内核

我看见远方的沸腾
也看见远方在静静地等待
等待一种叫做硅片的物质
将一片一片蓝天覆盖在辽阔的水面上
用身体的全部
激活它们构思已久的梦想

一片整装待发的多晶硅
内心热烈地运行着
与伙伴们结成整齐划一的团队
每一颗奔突的晶粒
用蕴含阳光的内核
重新定义新时代的渔火星光

刘笑伟

朱日和：钢铁集结

这是战斗的集群在集结，
在辽阔的、深褐的大漠戈壁疾驰，
翻腾起隆隆的雷声。
犹如夏日的篝火，用暴雨般的锤击，
为祖国送去力量和赞美。

这是战斗的集群在集结。
金属浸透迷彩，峥嵘写满军旗。
中国革命的果实，在我们思想的丛林
扎下深深的根：长征，依旧每夜
在灯光下进行，延安窑洞的烛火
响彻我们灵魂的四壁。

我们是中国军人，
是绿色的海洋，是枪炮所构造的
金属的鸽子，是夏日乐章中
最热烈的一节；是峭壁上的花朵和黄金，
是转折关头升腾的烈焰，
是凤凰涅槃般的浴火重生。
我们守卫着黄河的古老，
守卫辽阔的海洋和天空，

以及敦煌壁画的色彩。
我们热爱的云朵，垂下雨滴
守卫祖国大地上每一粒细微的种子。

这是战斗的集群在集结。
电磁的闪电蓄满山冈，
巨舰驶向深蓝。
我们是深山密林内、大漠洞库里
直指苍穹的利剑，
是冲击蓝天的极限飞行。
是惊涛骇浪里，潜在最深处的
无言的威慑。我们是神舟，是北斗，
是天河，是天宫，是嫦娥，是蛟龙，
是写在每个中国人脸上自豪的微笑。

这是战斗的集群在集结。
我们是强军征程上，品味硝烟芬芳的
年轻的脸孔；是迈向世界一流的
热切的渴望；是热血开在身体外的
漫山遍野的红杜鹃。

只要有古老的大地，只要有复兴的梦想，
只要有美丽的人流和耸立的大厦，
我们就会永远用警惕的姿势抗击阴影，
只要有祖国的概念，只要有和平与爱情，
我们军人的意义就会永远
在大地上流传，绵绵不绝。

从一朵花中，我找到整个春天

从一个灯杆
可以连接到 Wi-Fi
从一个站牌
可以计算出要抵达的距离
从一个智慧步道
可以找寻健康背后的密码

一个传感器
让口渴的植物呼唤水滴
一个信息平台
让车辆寻觅到最佳的出行
一朵闪烁的花
让我找到了整个春天
这是一个数字化的花瓣
在电脑屏幕之上绽放

在无锡鸿山，万物互联
多么富于诗意
正如写出大诗的人
可以找到所有词汇之间的关联
一个汉字就是一个代码
一个词组就是一道数据
数字世界和物理世界
就这样巧妙连接

相互关联，相互沟通
让诗意在万物之上隐隐闪现

陈国良

延安的雨

延安
把春情留下一半
借了夏天的热度
在秋天发酵
秋雨绵绵，临窗于午夜
听到世界都在生长

历史的天空
在宝塔留下一个豁口
淅沥秋雨，落在凤凰山
落在杨家岭，落在南泥湾
流进延河，流进黄河，流进大海
黄河不再咆哮
因为这不是怒吼的时代

延安的秋雨
曾经落在百花山
怒放了万亩红艳艳
落在瓦窑堡
织成了广泛的抗日民族统一战线
落在凤凰山

用中国化的马克思主义
武装了全党全军的思想
落在陕公，落在抗大，落在华联
培育出无数革命的火种
撒向敌后，撒向战区，撒向抗日前线
蓬勃出排山倒海的力量
落在黄河第一湾
扭转了中华民族的前途命运和方向

今天，延安的秋雨
绵柔似醇，细如丝发
一丝雨湿不了一丝发
却滋润了一颗颗心
延安的秋雨比春雨金贵
这块土地乃至中华大地
需要的不仅仅是花草树木
更需要生长的力量
是延安精神的力量
英雄的炎黄子孙
再展红旗，漫卷西风
开启新的征程

有这样一群人

清秋，阳光下，高原一片金光
延安的宝塔
没有因为高楼林立而收缩它的光芒

延河水也没有因为干旱而改变它的方向

七十多年前
有这样一群人
来自四面八方
怀揣梦想
宝塔的熔炼，延河的洗礼
他们奔赴抗日前线
冲向杀敌的战场
用热血和生命
让胜利的旗帜在神州高高飘扬

今天，有这样一群人
流淌着先贤的血液
一批又一批
聚集在黄土高坡上
来，是为了汲取精神的营养
去，是用智慧和力量支撑民族复兴的战场

虽然没有青春的年华
精神却永远昂扬向上
在平凡的岗位
他们依然激情飞扬

虽然没有强健的体魄
却有钢铁般的意志
千斤重担
撼动不了他们坚挺的脊梁

虽然没有激昂的口号
心中却有澎湃的信仰
只要有召唤
红旗所指
就是他们勇往直前的方向

永远有这样一群人
不要问他们从哪里来
他们的母亲是黄河长江
不要问他们到哪里去
中华大地是他们生根发芽的土壤
春风吹来
处处洋溢着蓬勃生机
还有无限的春光

邱华栋

蓝色太平洋

太平洋也是蓝色的，是那种灰蓝色
月蓝色，天青色，蔚蓝色
是一块大玉中的玉沁，是玉石的碎片
重新组成了蓝色太平洋的闪光部分
那结晶体，现在变成了液体
蓝色太平洋！直接反射了天空
也映照了我的心胸：那么辽阔
仿佛被天空所牵引
一次次地接近大陆上的我
白色的浪花漫卷，如同不怕牺牲的冲锋兵
摔碎在防波堤下，消失在沙砾中
而蓝色的海面，我看到
在太阳下深浅不一，神秘地涌动
似乎埋藏着一个巨大的秘密，不停地在遮掩
啊那蓝色的太平洋，台湾岛东部的大海绵
那么的蓝，深邃的蓝，浅灰的蓝
全是蓝，从看不见的海平面开始
海天一色的蓝，让我的眼也变蓝了
让我的手也变蓝了
蓝色的太平洋，我见识了你
广大的蓝，无与伦比的蓝

那么蓝，还带着白色的镶边
装饰着台湾的海岸

绿色太平洋

穿行在苏澳公路边，在花莲到宜兰的铁路上
绿皮老火车钻过一个个隧道，我向车窗外望去
看到那山谷和通向大海的河道所形成的夹角
出现了大海的风貌，是绿色的太平洋
和山林的绿色连成了一体
和绿皮火车连成了一体
真的是绿色的太平洋
是这一天的上午十点到十一点
我在火车上向东边凝望时
所看到的景象。啊，绿色的太平洋
被植物、火车和我绿色心情点染
和映照的绿色太平洋啊
那么地富有生机，山海一体的颜色
绿色的大地毯一直铺到了山边
或者铺到了海上，铺到了我的心里
绿色的太平洋把台湾岛揽在了怀里
绿色的太平洋，无数双绿色的小手
在欢呼，在把天空
大地和海洋，还有两边的岸拉近
成为世界和谐的一面镜子

李　瑾

一场雨

家里下雨了。父亲高兴地牵出头水牛

三十年以前，雨落在沙滩、播种机和
刚刚撒在地里的
小麦上。整个村庄朦朦胧胧的，美得
令人窒息，收了工，我们一家五口人
围着煤油灯吃饭
星星和我们不分彼此，萤火虫也没有
歧视之心，落日那么好，黑暗中所有
灯光都是一样的
我们快乐地讲着穷人们的故事，我们
不漏掉偷偷溜走的饭粒，然后，我们
快乐地追逐着一无所有的蝙蝠，相互
没有虐待和敌视

家里下雨了。父亲高兴地撒下了麦种
我们种下贫穷收获贫穷，都满怀善意

毛东红

喜　鹊

有一只喜鹊落在我身旁，看我一眼后机敏地飞走
下班的车流源源不断，二环路就这样被噪音填满
我因此羡慕这只喜鹊
我羡慕它的小巧而有力的翅膀
也羡慕它生在这浮躁的城市还保留一颗机敏的心脏

当然，对一只具有城市户籍的喜鹊，有些代价是必需的
比如油污的灰尘弄脏了它白色的腹部
它可能还遭遇了一次或者很多次事故
以致细长优雅的尾羽被撕成一把刷子

但是，这的的确确是一只让人羡慕的喜鹊
一只仅凭简短的名字就足以向人证明其高贵的喜鹊
穿过泛黄的书页，它的祖先落在宁静的乡村和闺阁
以如水的声腔浇灌了无数受苦受难即将干枯的心灵

我因此怀念这只喜鹊。我甚至感到被赐福的欢乐
而随这欢乐而来的还有羞愧，一种谎言被戳穿的羞愧
我们曾经那么容易从一只喜鹊那里得到的幸福消逝了
而现在一只喜鹊把我们孤零零地扔在了繁华的荒芜里

徐南鹏

花　记

我把种子交给四方
云南、江苏、湖南或者黑龙江

那里有四种阳光、四种土壤
那里生长四朵不同的花

四种不同的风，轻裹美艳
在山冈上伫望

我骑着崭新的自行车，在福州街头寻访
那四种香，那四个方向

我也在北京巷子进出
下午，城砖变老，道路弯曲

季节模糊，钟声清晰
深处是一滴一滴的痛，和呼喊

或者，我应该把自己留在故乡
水仙生长，冬天恢复忆念

我把旅途挂在墙上
四个方向、四种方式的消失和呈现

我守着黄昏，守着花瓶
灯亮了，那里将出现什么笑靥

王二东

快递中国

快递宣言

一个个快件如横平竖直的汉字
用每一次穿越山河与风雨的抵达
在广阔的土地上
书写着新时代的速度和温度

快递抵达的地方，正是我的中国
比如三沙，蓝色的大海是最好的
分拣中心，海浪举着包裹
跟永兴岛一起守卫我们的南海
比如漠河，极光是大自然制造的
扫描仪，检验着劳动者的努力
也细数着来自五湖四海的祝福

快递抵达的地方，就是我的中国
就算每一次运输都要与死神交锋
像没有翅膀的鸟飞在云端
那就用骨头对抗风搅雪沙尘暴
也要让老虎闭嘴让石门打开

让招手的小鬼躲进弯道和绝壁深处

我的亲人在更远的地方等待
他们等待的地方就是我的祖国
每一次在异国他乡思念，我就把思念
填进包裹，当无数个夜晚跨越千山万水
抵达，像一片被蓝天签收的云彩
在祖国的怀抱中满含热泪

乡村使者

他跑过田野，被惊起的麻雀
飞上货车占领包裹，成为此单的编码
爱唱歌的快递员，习惯把柳枝捻成长笛
随鸽哨声率先被收件人签收

他走到河畔，群鱼排列成一条直线
散发着腥味的传送带，不是冷链
是河流培养的分拣员，是逆风发光的鳞片
点击世界搭在乡村的鼠标

嫁到东河西营的媳妇爱网购
常把挂在门闩的月亮敲得噼啪响
快递员是叫醒她的闹钟，城市的专利
被涂上额头、脸蛋和嘴唇，在春光中绽放
越盛开，嫁接的伤口就越愈合

于是思念有了快件的形状

小小的包裹填补了城乡的裂痕
她把瓜果交给快递员，父母尝到女儿的甜蜜
她把围巾交给快递员，丈夫在异乡不再寒冷

她偶尔也把无名的悲伤交给快递员
没有地址的收件人像一棵与时间对抗的树
不知道送给这一棵还是那一棵
他有时觉得自己也是收件人，自己
也被这个村庄被村庄里的人和万物爱着

冰山来客

风是最好的搬运工，把炊烟
吹到帕米尔高原，山谷水源处
有了人世的味道
花儿从一九四九年盛放
牛羊撒过欢的牧场开始生长
——这是祖国的边陲，甚至是
我们不曾到过的远方

当红色的快递小哥抵达物流的极点
他们成为高原上奔跑的雪莲
一个个脚印串连成网购世界中
看得见的线，将喀什与大海牵在一起
他们是一片祥云，更是一团火
跟花儿一起燃烧，温暖草原深处的夜晚

塔什库尔干站在地图上是找不到的点

但当我们朝西仰望，应该把它
当成星星。
世界真正
辽阔起来，远方通过快递网络
成为近邻，仿佛我们一伸手
就看到帕米尔的雪花在掌心发出光芒

苏雨景

该怎么书写我的祖国

我不知道该怎么书写那些江河
铺开纸，波涛的颤抖就在眼前
紧贴着我的每次呼吸、每次心跳
横亘于笔端，苍茫、雄浑，如一部大书

我不知道该怎么书写那些土地
它们黑如瞳孔，黄如肌肤，红如血脉
用哺育淹没劫难，用慈悲点亮灯盏
善待万物，就如同善待自己的子嗣

我不知道该怎么书写那些稻菽
丰饶抑或贫瘠，都不能阻止它们
借助太阳的光辉孕育果实，延续命脉
它们献出自己的过程，就是人类生生不息的过程

我不知道该怎么书写那些村庄
她们母性的良善犹如星光
照耀着前行的脚印，和梦
照耀着时光深处的嬗变，使我看见了良辰美景

我不知道该怎么书写那些命运

他们在历史的颠沛中制造着美
制造着诗香、墨香、酒香、梅香
制造着东方风骨和神州精神

我不知道该怎么书写那个未来
每一方沃土，都有迷人的炊烟
每一条道路，都有绵延的花朵
我已没有更新的词语，去替代那些山水清音

我不知道该怎么书写我的祖国
借着春风，我悄悄藏起一座火山
它的灼热，是一根缠绕的藤
是我准备默默交付的一生

春天，就是一场生命的接力

先是金灿灿的迎春
柔软的枝条拉着满弓
射出洞穿严冬的第一支箭
寒凉就此止息。光阴苍茫
总要有人喊出第一声道白
才可以抖开人间的水袖

接着是梨花
大雪一样的，向着天际弥漫
从平原，到谷地、河畔
到处是她明眸皓齿的样子

湛蓝的天空下，成片发光的魂魄
让整个春天布满了经文

然后是桃花
她们有着绯红的脸庞、新奇的眼神
呼啸而来的青春气息
她们在号令下集结，又陨落
为了接近大地，摩肩接踵
轻盈的肉身碰撞出生命的脆响

为什么要写到这场接力
因为她们都有不可复制的凋零
都有化作尘泥的宿命
久久盘桓的余香
以及令人战栗的轮回

不能忽略，家园返青之前
她们隆重盛开
她们把风雪抱在怀里
把险境抱在怀里的悲壮
现在，她们以这样的方式
与我相顾无言，就是在告诉一个诗人
不要只写清风明月
还要借助巨大的春风给骏马
以鞍鞯，以长鞭，以驰骋的疆域
以更广阔的天地与世界

阿 信

大 雪

看见红衣僧在凹凸不平的地球表面
裹雪独行，我内心的大雪，也落下来。
渴望这场大雪，埋住庙宇，埋住道路，埋住四野，
埋住一头狮子，和它桀骜、高冷的心。

白 马
——给古马、沈苇

于群马之中
越众而出

先是双耳、半个脑袋、一张
完整的脸……然后是
流线型的脊背、臀尾
在一片涌动的黑色脊背
和臀尾之上……最后是
颈项和腿部之间，
突前的肌肉
岩石一般滚动

美好的事物，从不
令人失望
群马之中，至少有一匹
符合我们的想象
纯正的颜色
优雅的线条
飘逸的长鬃
高贵的眼神

仿佛来自黑暗隧道
白马出现，将自己
与群马区分
它始终牵引我们的视线
带动马群
和周围的风景

上次在甘南玛曲，这次
在天山脚下
湖水闪烁，草地起伏，天空辽远
它呼应着我们体内的白马
于群马之中
越众而出

两个人的车站

火车轰隆隆开过来我们还没有准备好
火车轰隆隆开过来了我们的嘴唇仍焊接在一起

火车轰隆隆向我们开来我们有向死之心
火车撕开夜幕光柱横扫戈壁石芨芨草和远山
黑暗的轮廓
火车像位大神，突然降临
我们的心脏与这座名叫河西堡的露天小站
一起狂跳、震颤
火车已经迫近，我们不能继续拥坐在铁轨上
一颗一颗耐心地数天空的星星
火车注定抵达，就像两天前相向而来的火车
把两个陌生人卸下
火车终于来了而在它到来之前
我们刚刚从人海中，把对方辨认出来

阿炉·芦根

一步千年

一

祖国啊！感谢你带我一步千年地前进。
大小凉山顶上锈死的太阳
千年来第一次从奴隶社会翻回
黄金的身子，
一个背负镣铐的时代沦入无底深渊。
千万亩彝人的银饰海潮般飞升起来。
所有彝人新生的红心
朝向北京突突鸣响，迎取大前途。
八百万彝族儿女在锦绣上播种，
九百九十九条山河为祖国之子运来粮食。

二

只有一个贴近所有大地的祖国
才能感到稚嫩的小手在心中的悬崖上攀爬。
只有一个贴近所有阳光的祖国
才能心怀 960 万平方公里领土的责任与悲悯。
只有一个贴近所有民族、所有家庭和

每一个人的祖国。
才能抽空一座座阿土勒尔村①的高寒，
抽空一座座悬崖村里面深度贫困的悬崖。
抽空历史残骸，铺垫上崭新的生命土壤，
拔地而起一座座彝家新寨。

三

70岁的老阿妈说，如今的天真好啊
随便拉一根阳光都可以作心弦。
为何大小凉山的天空那么蓝？
因为有一双温暖的巨手从那里伸出来，
精准弹拨彝地新时代的歌子。
70岁的老阿普说，如今的山真好啊
随便哪一脉都逶迤着绵亘天际的获得感。
说这话的时候，天在老阿妈心里晴朗，
说这话的时候，山在老阿普心里秀美。

四

星星真好啊
它们是义务教育有保障的孩子
秋木真好啊
它们是基本医疗有保障的病人
山风真好啊

---

① 阿土勒尔村是一个悬崖村，位于四川省凉山彝族自治州昭觉县支尔莫乡。

它们是住房安全有保障的归人
口渴真好啊，它们有安全饮用水
夜晚真好啊，它们有生活用电
耳目真好啊，它们有广播电视——
再贫乏的水平线，纯收入稳定超过了大海
本身。

五

祖国啊！我要用我的眼睛
代我的彝家新寨看你一眼，再看一眼——
我将投去宽敞明亮的楼宇，
投去年年增收的农业产业，
投去标准中心学校、达标卫生院，
投去温馨如家的便民服务中心——可是
面对心中的感恩之情，面对祖国
我的眼神不够用，
那就让太阳代我一步千年地
投去对祖国的至高满意度和至高认可度。

金占明

大变迁
——纪念中国改革开放四十周年

我不记得多少重要的事情
写进 1978 年的日历
但记得妈妈缝制的老棉袄
还有一件灰色涤卡的外衣
伴我度过大学时代
和北方漫长的冬季
每月十五元四角钱的伙食补贴
就是那个年代的骄傲和欣喜
春节回家的路上
带二三十斤面粉——送给伯父的见面礼
挤上人满为患的长途客车
气喘吁吁
那时多吃上几顿白面皮的饺子
是多少乡村人的希冀
新娘结婚要的四大件
手表、自行车、收音机和缝纫机

记得 1988 年
自己博士生的二年级
那件爱不释手的西服

在家乡是那样被人瞧不起

他们不知道城市掀起了西服潮

也不认识昂贵的人字尼

从京城回家乡的绿皮列车

惊人地拥挤

小小的厕所内

也有几个乘客小憩

但在校园内的房子中

有了彩色电视机

在北京学生宿舍的楼层里

可以在电话里听到家人问候的话语

每月的工资和补贴

62 块钱人民币

1998 年

又是十年过去

借着对外开放的东风

自己也有了两次北美访学的经历

那是好多读书人曾经的梦想

也是个人履历表上的绚丽

讲台上自己也会侃侃而谈

哈佛大学的新案例

异国雪地上排满的家用轿车

昭示着我们与西方国家的巨大差距

那时的肯德基、麦当劳和比萨饼

在中国和美国的餐桌上代表着不同的意义

从美国归来带回的 7500 美元

让妻子的脸上洋溢着喜气

家庭年收入第一次超过 10 万元
也预示着中国人的生活迈上了一个新台阶

2008 年属于一个新世纪
洋快餐早已不再新奇
林立各种中西式餐馆的街道
留下了各国商客和朋友的足迹
家里新置的两套商品住房
让自己告别了羡慕别人的往昔
别克牌小轿车
成了校园代步的工具
和外国友人聊天
自谦中也隐含着站立起来了的扬眉吐气
家乡的柏油路上
也早已响起悦耳的汽笛
田野上的播种机、收割机和脱粒机
早已取代人力和畜力
问及现在的生活
乡亲们常常笑而无语

2018 年我已年过花甲
改革开放也经历了 40 年的风和雨
驾驶着新购的奔驰牌轿车观光
全家人有说不出的舒心和惬意
手机换了一代又一代
网上购物和手机钱包成了生活的新情趣
出国旅游度假成了家常便饭
那是以前连想也不敢想的奢靡

年轻的同事讲一口流利的英语
在国际论坛上讲中国故事的启迪
家乡农民住的小洋楼
让都市人也感叹不已
铮亮的柏油路
已经铺到了家乡的村子里
缩短了城乡之间的距离
第一次给山村打上了城市化的印记

40 年的改革开放
不是终章而是序曲
更美好的祖国
是所有华夏儿女的祝愿与期许

王法艇

钢铁：给一种精神命名

曙光西里二十八号
一栋大厦将窗口伸向天空
年轻的春天和理想郁郁葱葱
被光线淬火一般蓬勃
站在辽阔的现代文明高处
弹拨交响曲般的阔博和优雅

深入后工业时代
我们磅礴的歌声漂洋越海
这些比风还要尖锐的力量
比海水还要坚强的力量
吹进旋转的火流内心
吹进镂空的光阴和青春
直至冶炼成一种叫钢铁的精神

在一条万吨线的程序里
一粒矿石，一寸精火
一滴汗水，一丝光亮
被储存在巨大的胸怀里
然后，它们粉碎糅合为时代创可贴
辊压一万遍

煅烧一万遍

冷却一万遍

这还不是它要驻足的节点

它还要在一条沸腾的洪流上奔跑

并恰如其分映现物质的哲学

磨砺算什么，淬炼算什么

成熟是一路坎坷的必然

即便如此，它还深情怀念

汗水纷飞的宏大场景和细节

曙光西里二十八号，天空浩荡

盎然绿意和蔚蓝相映成趣

一株木槿滴露光阴

和一切美好事物相似

我看到泱泱风云，昂扬旗帜

平静的眼睛奔宕着熔岩

阳光呼啸，文明的大厦弥漫朝霞

联袂五洲，谁都可以和它交流

与其说这条路奔涌着中国力量

不如说这样的程序

还原了平凡事物极致的光辉

芝麻开花的隐喻

四十年的中国变化从一种植物的嬗变开始

——题记

植物的花开就是生命的巅峰
芝麻也不例外,以农业的力量
冲淡尘世的萧瑟和零落
像土地滋长的一种节奏和必然
芝麻花开,瘦骨嶙峋
所谓的节节高对应贫瘠栖息的低
花里面沉睡的命运和世界
和秋风初来的恐慌
通过枯草的气息
诱惑芝麻曾经的青春
彼时,紫色纷纷消退到中午
风过霜瘦,那些尚未成尘的食物
从撕开的疼痛中,触摸喉结的干涩
民谣和乡风,在越来越紧缩的口腔
沉淀,弯曲的阳光俯冲下来
纷纷扬扬的黄淮海平原,伶仃起舞
在岁月的陡峭处遥拜收获
——芝麻开花,芝麻开花
母亲和大地一起,默念真经

母亲和芝麻都有相同的歌喉

同样在秋天飘荡暖芒和光泽
甚至，她们都有自己羞涩的旋律
只是，在土地消瘦的时刻
母亲对芝麻的审美过于现实
它的叶子在沸腾后黝黯如焚
它要在汗水流淌的午间
和母亲赛跑，诉说期望和乡愿
它有着母亲一样的仁慈
有着父亲一样的勇敢
在路途沉浮的铁轨上
芝麻花开，羞羞怯怯，鼓荡新奇
以第一等的薄弱胸襟
经得起潮起潮涌的奔宕和淘洗

芝麻的花在一个早晨开始嘹亮
它含着春天才有的柔美
蜿蜒，铺陈，像一江哗哗的春水
细沙一般沉淀为万物生动的河床
南国椰树，北国雪原，包括一株胡杨的枝条
悄悄弹奏各自的乐器
在穿过城市森林后，大地日渐丰饶
母亲额头的汗珠闪闪发光
和所有神圣的劳动者为邻
芝麻和母亲结拜姐妹
和母亲携手缭绕炊烟
这些经历不会被时光遗忘
母亲的手丈量过芝麻的童年、少年
现在，只需翻过一个山冈和春秋

在盛大的景象里，芝麻笑语殷殷
以一种蓬勃的生命，进入真正的澄澈
成为岁月最富生机的叶片
呵，四十年光景，芝麻粒粒饱满
日新月异，成为人间的金器

在乡间，芝麻的花被奔流的河水拥抱
在灯火温暖的城郭，芝麻开口唱歌
它的歌词只有升调，只有卷舌音才有的婉转
它歌唱着，把玉门关的轻尘浥清
它歌唱着，沿着淮河秦岭，沿着长江长城
它无所不能地招人喜爱
在黎明苏醒之前，偈句在江山安营扎寨
在乡村小学，在孩子们中间
在生动的万物之间，它唱着
它能唱出的词句简单但辽阔
它能吐纳的语言清晰但坚定
它能安抚的世间繁华但祥和
它能展现的风采华美但洁净
歌声沉醉春涧的姿势，恍若飞天
任何优美的辞句无法靠近
任何细小的闪电都刻骨铭心
原来，一朵花可以如此阔博
可以承载万象春秋的桑田
可以承载风雨蒺藜的侵蚀
可以承载云蒸霞蔚的激情
可以承载一个人的青春与梦幻
可以承载一代人对江山的坚守

有时，它俯下身子
承载清溪鱼儿的梦想
承载低于时光的灌木与笑声

一束清音掠过河面
涟漪晃动，宁静漫延大地
母亲在村口迎接芝麻花开的歌声
这蓄满银色的歌喉，从不停歇
她用手掌，轻轻托着闪光的种子
像托住，黎明背后婴儿的笑声
倦鸟归林，落日熔金，终于
大地堆垒的金玉良言漫延群山
她已忘了自己
阳光镀亮的每一天
她全力地劳作和热爱
风尘仆仆地歌颂
在一朵芝麻花的龙骨中成像，悠长回响

树木茂盛，大河疾流
在包罗万象的国度，芝麻开花
把光荣和梦想融在一起
把丰收和希望融在一起
在成为一种纯正美好的预言之前
她在幸福和岁月处浩荡，诗人一般吟咏
此起彼伏，祥和的城乡葳蕤歌声
花一树，果一树，光明的前程一树
趁月色皎洁，露水晶莹，新时代的中国
舟车如鲫，坦途疾步

展开的蓝图，都奉献自己的蔚蓝
唯有，芝麻馥郁，芳华不绝
它隐喻的内涵第一次让世间如此明白

姜念光

流水账

我在记浙江三日的流水账
这件事，别以为那么简单
一笔清澈甘美的流水，不那么好记
是弯曲的，但是不中断
穿街过巷，但不浑浊，没有垃圾

农民的流水账
家家有本绿色的经
昨天田野无虫，今天又挣钱些许
宴客一桌，有干的笋鲜的笋，四种
一只土鸡，三条活鱼

男人和女人的流水账
昨天的雨下到了今天傍晚
月亮出来了，空气清新如洗
在窗前看山水景色，落花必不可少
他们像两架彩虹，又牵起了手臂

参观学习者的流水账
这山望着高，那山望着也高
为了找到金山银山的真正起源

前一笔记在杭州，后一笔记在余村
粗一笔，钱塘，细一笔，南溪

写作者的流水账，稍显复杂
先放下老虎和盐，又放下孤愤
好像语言获得了一种穿墙而过的胆力
昨天搜集乐器，今天翻遍辞海
就此确认，绿水青山正是大地的词根

新时代的流水账，天地民心
正在记，时间、地点和人物
一清二楚的国库，幸福的音乐
正逐渐扩大到每一口空气
人民的流水，城市和乡村的流水

江山愈加繁荣，到处响起悦耳的琴声

龙红年

使　命

我务必赶在年关以前见到他
不管大雪怎样设置层层封锁。我必须
赶在寒冷大举围攻前，将一把柴火
交到他手中

雪峰山余脉，莽莽数百里
国家级贫困县，150 万人口的新化
我必须穿越大雪覆盖的丛林
冒险攀上那陡峭的山岭
悄悄绕过豺狼、野猪、麂子、山鸡的后院

我并不认识他，他在这座大山里坚守了
63 年：妻子跑了，儿子病了，房子倒了
在饥寒和贫困中
他很快就将失去阵地

我必须在天黑前到达。我怀揣的
这些光亮和温暖，我要用双手递上去
我要紧紧握住他的手，告诉他：
兄弟，春天来了

陈 勇

大道阳关

一

在阳关，玛瑙酒杯刚一碰到日头
无数条道路便摇着驼铃卷土而来
历史的乡愁囤积在此，绵亘千年
一只蚕的流涎里横贯着欧亚大陆

我以一支竖笛的节拍，把风尘轻拭
把阳关高昂的石碑举过时光的地平线
从长安、汴梁到顺天府，从唐诗、宋词到《永乐大典》
所有的盛世都在小夜曲里荡过秋千

所有文明的关牒，都不吝于把干戈化为玉帛
把通天大道和闯海码头收入阳关的布袋里
即使百代之后再度出发，也要见证这复兴之旅
怎样让一个几度强盛的古国，重新伫立在珠峰之巅

二

月朗之夜，胡马的嘶鸣，把我从一首边塞诗中揪醒

故国的烽烟只剩下凭吊的废墟，玉器堆满了胡床
兵戈鸣镝埋进了沙砾，将军换了朝服
挂满宫灯的城阙上，贵妃的醉意俯视着能见度最好的山河

这妆奁了和平的镜像里，一条摆渡于时光穿梭机的丝绸
　之路
从阳关的肩头飘过，在大漠雄鹰的瞳孔中留下倒影
你好，请把波斯、暹罗、雅典、罗马的城门打开
让郑和的船队驱使任意一朵浪花，开遍沿途的岛礁

就像史册里驰行的高铁，一条接近于起飞的蚕
用轻柔的丝巾在大地上轻轻地挽一个结
面包与馅饼、热狗与披萨之间的冷漠或疏离
便在同样的味蕾上迅速和解，万众归一

三

这是在驼峰上汇聚着无限热能的阳关
东来西去的商贾，运载着布匹、丝绢、瓷器
把无数驼印摁进古都的喧嚣和繁华
让饥饿、贫穷与战争在文明的酒幌前打烊

这是被友谊的大道反复印证和签注过的阳关
陌生的面孔正变脸为故人，握手有了温度
一团和气的贸易让秤星懂得了谦让
任何敌视和对立只会令饱胀的欲望两手空空

这是庄严的界碑不再筑起门槛的阳关

美酒、茗茶和咖啡的香味弥散在同一扇窗前
当友好往来不再浅唱于外交辞令，那也不妨
在琳琅的店铺与街衢之间坐落为一种俗套

四

这是大道起于阳关而通于世界的复兴之梦
每一个星座都把漂流瓶写上中国的名字
所有的花都摊开于掌心，被正午的阳光所加持
被敏锐的时尚追逐的旗袍，可以将 T 台直译为丝绸之路
我在昼与夜的切换中对视着这个世纪之梦
我在一粒细胞的渺小中推算着伟大之大
如同阳关以石碑为准星，校正四通八达的大道
如同一匹丝绸，足以调动任意一条陆路或海路的神经

世界，我来了！带着历朝历代出土的名片
一面是驼铃摇曳、轻纱遮面，一面是渔歌唱晚、绿岛浮浅
大道阳关之上，筑梦的中国正破空归来
千年丝路醒转的一刻，正是花枝春满、天心月圆

谈雅丽

重温"深圳速度"

我们来到的是一个辉煌的展厅——
钢的火花、铁的水流，把我带到宏阔的
建筑工地，带到 1981 年的春天
深圳——荒丘湖沼遍布的罗湖小镇

这是一个阳光明媚的清晨
建筑队开进偏僻的水草寮棚
一支士气高涨的精英队伍
一批能征善战的冶建铁军
一群来自中冶的建筑人
满怀信心，从艰难的起步开始了航行

勘测，设计，查验，建筑……
他们装备精良，每道工序都紧密相扣
在荒芜之地，他们用快跑的速度
创造出了中国的奇迹

黑夜的灯火照彻轰鸣不已的搅拌机
黎明的阳光将彩霞涂抹在工人脸上
一身汗水，满身泥泞
沸腾的工地，奋战着一群夜以继日的劳动者

第一个排水方沟完成施工
第一条深南大道铺设管道
第一座立交桥架设钢筋
第一个商贸大厦浇灌铁骨
春天的光芒——是他们用钢铁的洪流锻造

包工期，包质量，包安全，包节约
新的承包责任在铁的纪律下执行
"提前竣工一天，奖励一万元
拖延竣工一天，罚款一万元。"
钢的作风，践行了奖罚分明的分配机制

"五天一层楼"的建设速度
提前 94 天竣工
质量无可挑剔
施工水平赶超国际标准
中冶人创造了一个新的名词，叫
——"深圳速度"

"深圳速度"，词海里一个新的词
城市的崛起，企业的发展
唤起人们对春天故事的记忆
是这个词，引领一个世纪的腾飞

一间辉煌的展厅，在跨越 30 年的图片展里
我看到了锦绣之梦的开端
——钢铁之魂的塑建

当我重温"深圳速度"
重温一代人的力量、决心、梦想
从大地深处奔涌出钢的火焰、铁的水流

汤养宗

银　匠

一生中最亮堂的一天是遇见这个银匠。
由他经手打造的雪，是纸条和经语
越陷越深的一炉民间的火
追究并且和解了烈焰与雪莹之间的正反关系。
一块邻家孩子护身的银器，就是
带病的世风的劲敌，就是让热血
在人世走安详路，使一个人的身世
与其他铁器区别出来。
守住骨头里那种白那样，他一生看守着
这些洁净的词，那汉字里头的最后一批家族。

象形的中国

我管写字叫迈开，一匹或一群，会嘶鸣
或集体咆哮，树林喧响，松香飘荡
当我写下汉语这两个字，就等于说到白云
和大理石，说到李白想捞上的月亮
还有家园后院，蟋蟀一声紧一声慢的小调
以及西施与花木兰身上的体香
如果再配上热血这个副词，又意味着

你我都是汉字的子民，一大群
墨意浓淡总相宜的兄弟姐妹，守着两条
很有型的大河，守着流水中的父母心
与高贵的亚洲象为伍，写象形字
使用象形的脾气，享用着象形的时光
文的都在做学问，不给汉语丢脸
武的用刀用枪，守卫每一个汉字
绝不缺失一竖一横，一点一划一旁
现在我写下了祖国，我终于
原形毕露，看，一群大象在我的纸张上
奔跑起来了，它们黑压压地
拱起世界的背脊，气息浩瀚，气场强大
让我这个一生使用自己母语的人
每天都能摸到最开阔的地平线，我的语言
是纷至沓来的语言，大地上
最大的蹄印，就是我留下的
每一个象形字都是我的靠山、秘诀、依据
将时光铺开，我白衣如雪玉树临风
说一句就是春秋，写一笔便是莺飞草长

师力斌

假日祖国

没敢趁高速免费去你的远方
市场上的房子里，没有堆放市场理论
越计算，我越喜爱诗歌
这飘浮于书架上的白云

穆旦和杜甫，过得都不好
却写出了神州壮美的山河
而一代代的地主和富豪
只痴心于囤积财富与土地

人们争论你的历史、年龄、功过
我感恩于此刻的和平与安宁
你搭乘一趟趟国际航班飞回来
从那异国战争的硝烟中

我看电视，刷微信和微博
唐代的快马越过京沪高铁
一览你反复蹂躏过的肉体
你寄于高秋的容颜在屏幕上闪烁

从月亮看你的行程

有一刻快要疯掉
不能晕倒

告诫自己，轮胎要保持气压
跑够二十万公里

跨八十条山脉
涉一百条河流

你的幸运。五颜六色的宫殿
摆放在九百多万平方公里

和北京握手
你的脚肿胀而光彩

风云喘息，朝霞壮美
你疼过的褶皱已上了燕山

那不仅是长城
不仅是绵绵不绝的血管

还有你受过伤的肌肉
和辛苦了一辈子的花园

故人啊，遥望你的时候
我按住自己的心脏

我这一生你都看在眼里
还有我身边青春的山河

许　强

我只想听听，乡村的心跳

让我回去吧，还是在子夜
那个叫渠县的小站，匆匆下车的人群
像风一样，被瞬间吹散
夜色，是一滴巨大的墨水
那些恍惚的路灯，在加速着
轰隆轰隆向夜晚的深处驶去

让我回去吧，还是在子夜
让那一条乡村公路，让那些高一声低一声的犬吠
来接我就够了，那些灯光啊，你们都睡吧
你们曾经陪着我的母亲，在凌晨四五点起床

这些年，始终有一个人，在我眼前
刷洗着那些刚从菜地拔回来的
沾满露水的白萝卜
一分一分为我积攒着学费

夜色啊，你再浓一些吧，黑色你再重一些吧
让整个乡村都睡得再踏实一点
让那个被我们叫着母亲的人睡得再安稳一些
一个人的脚步是那弹着琴弦的天籁

每走一步都是对这片土地缓缓地抚摸
每走一步都是对这片土地的一次亲吻

只有夜晚的耳朵，能听出这片土地
此起彼伏的心跳……

戎　耕

哨卡记

我喜欢站在等高线兵要地志图前
久久凝视祖国山河
一寸山长，千寻温暖
一寸水远，万丈眷恋

我喜欢沿着边防线勾勒这火炬版图
左手一掌天山昆仑的大风雪
右手一把黄河长江入海的涛声
一挥手，满袖南海岛礁的朝云晚霞

我喜欢把目光和手掌
停泊在滇西北最西北的雪山上
那里有一个名叫独龙江的哨卡
积雪深处依然能探到我青春的体温

那里的山路是我的动脉，江水是静脉
七座界碑都是戍边人的雕像
这地图上的弹丸之地
是我们怦然跳动的心脏

今夜，我沿着高黎贡雪山深处的

茶马古道，再回独龙江
我和昔日战友都已雪染双鬓
哨卡却依旧是当年的模样

山川匍匐，这里的山脊叫边界
这里的大地叫领土。我多么不想
从这个梦里醒来，因为在梦里
我还是那个二十三岁的边防排长

封山记

储存粮食和脱水菜，储存烟草和酒
砍伐木柴，砍伐与维持生存无关的一切
送走换防的战友，送走冬至的家书
此时，大雪如期而至，寂静如期而至

时间并没有静止，但仿佛失去了界限
昨天在此时结束，明天将从此处重新开始
昨天和明天隔着一座山
隔着一群士兵的一道集体年轮

在告别与回归之间，在已知与未知之外
讲述一个新鲜故事，然后重复一千遍
在冬天观察哪一朵冰凌花开得最美
当冬天过去，看哪场雪崩最先打开春天

谁是最初勘定这个海拔和坐标的人？

青春延续青春，脚印覆盖脚印
在同一个视界遥望远山
在同一个时刻用石头堆砌记忆

然而不是每座山峰都有资格与世隔绝
高到无与伦比，远到惊心动魄
路在抵近之前吓得驻足不前
苍鹰只敢飞到它的肩膀上俯瞰悬崖

更不是每个哨所都能享此荣光
作为沉默的要塞，作为隐蔽的屏障
作为太阳的战壕，作为月亮的碉堡
作为祖国可以以命相托的一个前哨

王学芯

物联网小镇

神威·太湖之光

波浪如同澎湃闪光的数值
太湖从景色的磁力和芳香中　转向
超级计算　速度
使如缎的电流
变成一种唤起的心情

静谧的日夜交替　渴望改变生存
芯片在大脑的回纹里
刷亮记忆的雪光

一秒钟 12.5 亿亿次的滴答
环形的钟变了模样　跳动的浮点
如同敏捷短语　所有重要的事情
气候疑惑
海洋海浪起伏
航天航空的轨迹和觉醒
同一根草描述的旋风和
昆虫的呼吸连在一起

太多的吃惊　没有不安的麻木
躯体被静电淋湿

太湖的波光变成荧屏
感知在传输的深度中浮出影像
呈现的一切
事物闪耀　或者
生活和价值的变化
一瞬间
蓝色的微光穿过了世界的空间

大数据

数据集合　密度变得纤细
像浓郁的发丝　在眼前或头顶
盘成网络　让震颤的空气
万花筒似的幻变
使所有生命的周期
迅疾地突变

未来已来　一切开始的挑战和感受
逼视敬畏的眼睛　价值的定义
联通弹指之间的格局

谜团一样的明天
大数据延伸手指上的想象
如同光点在电脑的框架里闪动
从打开的边界

到不可预测的静默
汗湿的脸压出了闪亮的水滴
坠落下
一粒粒惊醒的声音

数据的暴风雨盖住天空和城市
清空了预言和经验　带动着
一刻不停吹拂的风
去遇见未来

蛟龙号

深海世界　千奇百怪的生物
贝壳上密布绿色的茸毛
虾找不到眼睛
海胆像个扁平的吸盘　海参的刺尖
点亮
波动的粉紫色幽光

这远洋 7062 米的海底　狩猎者的手
像捕捉泥沙的透明小鱼
用潜入的光束
漂洗漆黑一片的潮汐

压力和遥控　重中之重的图像
国旗插在珊瑚礁上　深海空间站
在寂静中浮动

红色小艇变成红色标记
洋面响起一片波涛崩塌的声音

从湖滨起航的国器
横跨海峡在寒冷的水下沟底
忍耐和沉默融解洪流
无言的渴望
只有一个最好词语
那是栖居的根脉

林　莽

地铁车厢对面的女孩

地铁车厢对面的女孩
一下子吸引住了我的目光
穿着简朴　灰卡色的短款绸衫
深蓝色裙裤露出白皙的脚踝
没有佩戴任何饰物
安然　平静　淡妆无痕

我不经意间看到她
恬静地坐在车厢的对面
透过仿旧的黑边圆框眼镜
在浏览手中的苹果 iPad
微垂的眼睑是另外两条圆弧的曲线

在下车后的路上
身边的夜行车　灯光刺目地闪过

骤然间　一股温热的忧伤升起
寂静的星空模糊了我的泪眼
呃　我突然想到
她脸颊上的某些地方
多像我年轻时的母亲

黄成松

过北盘江特大桥

列车转了个弯，就有人兴奋地喊道
前方就是北盘江特大桥了
我掩饰不住内心的激动
赶紧把眼睛贴在车窗上
但见云海缭绕高峡，碧水流淌深涧
大桥像天上虹，贯穿两岸青山

西控云南，东联贵州
三年前的秋天，水急浪高的北盘江上
这世界最大跨度的大桥，在深山深谷横空出世
高铁驶过只需十几秒
数万人却用去了六个寒暑春秋
抛洒着宝贵的青春和汗水

这样气势恢宏的大桥
在被称为桥梁博物馆的贵州有很多
比如马岭河大桥、鸭池河特大桥、红枫湖大桥
连接东西南北中，创造了多个世界第一的纪录
把"地无三尺平"的贵州
变成了通往五湖四海的大平原

横行胭脂

宁夏长歌

朔地春风起，冰霜昨夜除
河流的美貌与燕子的灯盏
同时打开岁月的心灵
空气的震颤里，迎来新一轮的宾主
细颈的天鹅，解开冬天的绳索
在湿地公园，以朔地的方言呼朋引伴
群鸟的翅膀振起拥挤之志、欢爱之志
明天、后天，天气预报会更温和
将是风轻草软。将是现世平安。

把古老的风暴枕在土地的下面
征夫、思妇，应该有很多值得怀念的词语
与这片土地相牵涉
枕戈而睡的英雄，他们的呼吸掠过各个朝代
乌云从西夏走来，在天空逗留一会
——转而消散

很少有雨声替这片土地编织什么
感谢黄河在这里动情而歌，又惆怅又美
九天飘落的玉带，蜿蜒萦绕
她的青春段落，纵穿宁夏平原——

植物。特产。每一片土地都在生育。
湖在城中。城在湖中。
最适宜居住之城。银的川。
三百多公里水系珍贵。五千年白云依依。

天地送出的事情总是大美。
九曲黄河与无垠大漠的永恒之约
托起塞上江南的绮丽风采
黄河、大漠、青山、绿洲尽收眼底
地理恒久，而被动的时光满载过客

在宁夏，魅力是一种自视
一百个人对你说，宁夏在黄河的上游
天下黄河富宁夏。

一百个人对你说，世界的美聚集在这里
丰厚的文化神经对这枯燥世界的
震动、感动、牵引、诱惑，聚集在这里
我们赖以依恋的这个世界

对于岁月，我们的感情都太短暂
在朔地，未曾想生硬地建筑一种爱
自然会归适我们的情感
春天会剪除荒芜，原野回复天赋的美德
有好游人，无倦客

西部女人

她清瘦的脚踝露出了她的秘密
她代表了大地上遍布的经风历霜的妇女们
在北方的炊烟下她活出了一个中年妇女的
饱满感沧桑感美感

车停银川火车站头戴围巾的妇人在光线微暗的通道里走
瘦瘦的脚踝坚定的步子拖着的行李箱在地上发出吱吱的
　声音
(我尊敬那些在黑夜里摸黑下车，摸黑回家的人
是他们把这个世界的归属感表达得淋漓尽致)

明天我陌生而温柔的姐姐是否回到了中卫平原
她坐在羊皮筏子上，对着黄河水唱歌
哪个黄河船夫又会回应她的歌声
对岸沙坡头一群忠厚的骆驼一个牵驼的男人渐去渐远
只有最后一峰的驼铃弥远悠长……

长天之下不就是这样的生存更有意味吗
当北方的稻子灌满原野即使你不是书生
也会生出轻烟般的乡愁缭绕你缭绕你
你再也没有对生活的抵触而增加了对生活的怀念信任赞美

江　耶

对一块特殊的煤的解读

在这个国企，在这座煤矿
我遇到了一块与众不同的煤

他看上去是多么的安静
他的外表是普普通通的黑
像淹没在群众中的不起眼的一员
他放在任何一个地方
都不会被人发现

但他的内心是火红火红的热
他已经在一条幽深的巷道里
写出传奇，他在一台机器上
他在一个工作节点上
把所有的环节紧密联系
他仿佛从来不知道疲倦
大地深处，他发出独特的能量
像一面艳丽的旗帜，鼓舞着，带动着
更多的煤，完成作为煤的意义

这一块煤，在这个地方
像一个政党。它属于这个国家

它属于全体人民，它的命运
与最大多数人的利益联系在一起
哪怕粉身碎骨，它也要奉献出
怀抱里的，热量和光芒
把这个煤矿，把这个地方
甚至整个中国，热烈地照亮

在这个深夜，在地下 800 米深处
我与这些煤亲密地靠近，交流
我也像一块煤，内心坚定地信仰着
生出强烈的，发热、发光的冲动

远　洋

向开拓者致敬

你，开拓者，一个民族的开路先锋，
肩负时代的巨斧和雷电，
和闪着早春寒光的犁铧，
劈开冻云，向板结的土地挑战，
向僵滞的季节挑战，
向藤蔓纠结的藩篱和荆棘封锁的禁区挑战。

你曾喊叫着，行动着，沉默着，
高高竖立起一个开放的雕塑和路牌——

把门打开！
把门开得大些，再大些！
把门框推向两边一直推到开裂！
把陈旧而开裂的门框拆下来！

今天，当你老了，本该卸鞍歇息，
你又从头开始，从零开始，从负数开始——
卸掉历史的包袱，
轻装前进，上路！

为突破瓶颈，穿过夹缝，

冲出长长的幽暗的隧道，
指挥着，调度着，大声疾呼着，
让一切走上新的轨道，
走上电缆和光纤铺设的信息高速公路，
让一切高速并且高效地运转起来！

让一道思想的光芒照亮春天的泥泞，
让波澜壮阔的春潮通过你继续汹涌澎湃地奔流，
你筋肉凸突的臂膊仍然迸泻着汗瀑，
你久久压抑的力量也从中喷发出来——
你以抛弃一切和不怕被一切所抛弃的果敢——
仍然站在了时代的最前列！

罗鹿鸣

长沙南站

若干年前，这里的菜地里日出日落
栽培、浇灌、杀虫、除草，做着日常功课
蔬菜、瓜果，去星城的千家万户走访
煮、煎、蒸、炸、炒，摆一桌五味杂陈的生活

若干年后，推土机、挖掘机一拥而上
山丘被夷为平地，池塘注满轰鸣，菜蔬一夜撤退
被打开的黄土，揭露出土地的可塑性
钢筋水泥鱼贯而入，将梦幻架构浇注
2009 年谢幕的时候，一个庞然大物诞生

钢铁展开三湘四水的翅翼，在神州翱翔
高铁、地铁、磁浮、长途客车、公交汽车、出租车
被黎托乡这只大锅一锅烩。日月星辰
在玻璃幕墙里梳妆打扮，千娇百媚
沧海桑田，不再是陈词滥调或伪命题
而天翻地覆，再也不是愚人节的游戏

京广高铁南来北往，沪昆高铁西去东进
硕大无朋的茧，压缩着时空
轨道越伸越长，速度越来越快

世界越来越小，而远方，越来越近
唯独人心越来越大，将天地来个囫囵吞枣

汽车站，出发与抵达

我们进入汽车体内，汽车进入街道体内
街道进入城市体内，城市进入大地体内
而大地，进入我们体内，互相咀嚼
互相从对方的宽宏大度里得到超生
城乡日新月异，而人性始终泊在车站
就这样矛盾着，我们在大地畅行

公路密如蛛网，供长途客车爬来爬去
在小河里裸泳的孩子，是漏网之鱼
车厢里有波谲云诡，车窗外有思念的人
大路，披荆斩棘，白云在上面盘桓
风雨雷电，止不住欲望的车轮
通向大千世界的路，也通往
千家万户的重逢与别离，前方
有酒旗，有小桥流水，也有墓碑
而欢笑与泪水，正如人生的南极与北极

客车是怀着悲悯的好人，具有老黄牛的精神
道路泥泞、人的愤怒与阳光的喧哗，都能从容面对
城市与乡村，被拉近、推远，又推远、拉近
客车们只认得车站，那是家，安放着一个个心灵

家，也是车站，我们在那里上上下下
如果没有脚踏实地的屋顶，天空也失去意义
如果没有不舍昼夜的奔波，趴在地上的
汽车，与停止飞翔的石头有什么不同

再远的路也是用来行走的，就像雄心壮志
必须得有一座天空，才能安放
一个个的手提箱，也能远走天涯海角
而苍穹之内，皆是梦想的出发与抵达之地

马 飚

这些不知自己伟大的人

红帽子领头，三个提着电焊的女人
面罩比星宿深邃，蓝制服苍劲

在金沙河谷，用整个 11 月，脚手架一样
垫高人世
神啊在我心里发热，疼他们

东方红是一辆通勤车牌
有干旱的黄，一块金子在劳动，光芒的漏洞
一会儿是圣人，一会儿似猛禽
山脉又往人世沉了一段

他们体内有飓风，砖石集邮一样垒出人形
用重量活着
像山地的重臣，在跳板上颤颤巍巍
替 100 匹马拉着大地上天

一桶砂浆，盛落日之美，这是些
不知自己伟大的人
全厂电线都是她们的草药
气力如白鹅，体内水田里有糖精

人世这么多错觉，我还是爱，与
定律无关。都没见过星汉呼啸
如金沙江用流逝发电，水的失眠就是不停奔腾

田　湘

第一书记

在祖国辽阔的版图上
总会有这样的灯火指引
总会有强劲的号角
热血与炭火相融为一种新的能源

听从一枚党徽的召唤
你告别繁华都市，奔赴僻远山村
你要去研读一本从未读过的书
去翻开花开的中国最温情的一页
去完成一道时代最伟大的命题
——精准扶贫

你坚信，贫困不是不可跨越的鸿沟
在城市与乡村之间
会有一道彩虹，为梦想插上翅膀

追梦，筑梦，圆梦
你不再欣赏林立的高楼与绚烂的夜景
只仰望星空和俯瞰贫瘠的土地
你打开那页山水，开始阅读
你读迷茫而忧伤的眼神

读粗糙双手背后的辛劳与渴盼
你运用最原始的统计学，摸清每一个农户的家底
你攻克经济学的盲点，探寻精准扶贫的密码
你以一枚党徽引领山川、河流与庄稼
引领传统、风俗与民情

多少个夜晚，你与月亮一同失眠
多少个节日，你放弃与家人欢聚
又有多少次，你病倒在寒冷而简陋的屋里
摔倒在崎岖而蜿蜒的山路上
青春，因你的付出和伤痛而更美丽
事业，因你的坚守与执着而更精彩
终于，你在城乡之间架起了一道绚丽彩虹
把城市与乡村完美地融为一体
这是你一生最豪迈的诗句
前进的洪流汇聚辽阔的初心
而你和你的信仰，就伫立在彩虹里，也化作了彩虹

朱小勇

高铁司机陈承仪

今天我想深情地写下你，世界上
可以把火车开到最快的司机
像邻家兄长，像每一位在铁路边
长大的孩子一样，我要写下
你梦想到达的地方，在祖国宽大的怀抱里
在夜空里，像一颗简单、明亮的星星
像你最初的样子
在一条岁月深处的铁轨旁，转过身去
一个被拉煤的火车落在后面的孩子
向着开出去很远的火车
使劲摆着手

你的脸上是越抹越黑的煤灰
只有那双跟着火车在跑的眼睛
格外明亮而简单
那列火车是个大嘴巴喷着大烟雾的
大家伙，可是没有谁会去在意
你依旧一个劲儿地在后面追赶着
在火车扬起的大风里
像你童年梦想里升起的纸风筝
总有那么一列心系远方的煤车

在你的身体里发出震颤的心声

如果你长大，不去像猎豹一样
长满加速度的花纹
不去做一名短跑运动员，追赶火车
那你就去做一名驾驭猎豹的人
梦想把你带到一大群火车头面前
是的，你选择做一名火车司机
"大胡子司机开火车"
而"嘴上没毛办事不牢"
你要成为一名钢铁阵地的领跑者
那就先从一把铁锹开始
每一铲盛满梦想的煤，都在开合的炉膛里
燃烧，让蒸汽火车亢奋起来
让旅途洋溢着向前、向前，无尽的火热

把你的腰板锻打得更钢铁些
把手里的老茧磨砺得更磐石些
在每一个动作牵引的膂力中，攒集能量
和梦想的光芒
从你的猪腰子饭盒里
挖出一身上下使不完的劲儿
从你脖子上湿漉的毛巾里
拧出一条大汗淋漓的旅程
蒸汽火车司机就是最热的职业
火车司机就是要追赶日月和星光

当你从翩翩少年奔跑成"邻家大叔"

当你的额头跑进些许钢轨的纹路
当你把一列列厚厚的旅程
别在薄薄的四本机车驾驶证里
你这近 400 万公里的工作里程
就绕着地球赤道跑上了 98 圈
那你就是漫游大地的"火车侠"
可以拉着各式各样的火车头
驾轻就熟地上路

把飞奔的速度稳稳地降下来，再降下来
缓缓地，再把减速的脚步停下来
在你的工作手札里一定有
速度的波浪或者风压的记号
一定有钢铁在奔跑中呼吸的频率
像猎豹在丛林某处留下的气味
整片奔跑过的领地尽收心里

"阀压正常，允许速度 300 公里"
你驾驶的高铁正在打开的对讲机里
快进成一段数字化的声波
无限加速着一个季节流转的进程
闽江上的大雾正在褪去薄衫
一列高铁梭子般划开一场阵雨
沿着钢轨平均铺设的夏天、地平线
和庄稼地，更远处的一抹炊烟
飘散成数字化的蝉声和雨点声
或是车窗上一道闪电甩过来的鞭子
一撮冰雹扔过来的石子

旅途中你所遇见的这些坏天气
也都是你时刻打起精神来，专注向前的
动力，指向你最初的梦想
选择和火车一起奔跑的人
确切地说，你是跑在火车前面的那个人
那就爱上这猎豹般的花纹和速度
爱上旅途，爱上"美丽"的暴风雨
爱上你身后一整列坐车的人们
一并爱上你的妻子，如果你还没有回家
或者你已换下工作服，正走在回家的路上
你的妻子一定已把饭菜煮好
等着你从贴地飞行的高铁上下来
脚踏实地美美地吃上一顿

你就是那位把高铁开得又稳又快的司机吗
祝你一路顺风
当我这样问候你的时候
窗外下起了小雨
你可能正驾驶着你心爱的火车
飞驰在我搭起雨篷的一句诗行里
如果有机会，我一定去坐一次你开的高铁
奔驰在祖国广袤的大地上

车延高

物联网小镇

网，一种生活
互联网，一种现代生活
物联网小镇，一群现代人在虚拟空间里改变生活

在没有云彩的云里集结
在一方屏幕上纵横捭阖，与整个世界博弈

靠智能穿针引线，让信息碎片集束
以智慧裂变式发散，让人流、物流、资金流在技术高地
　　建仓

这里的人清楚：一个人走，无论踩多少脚印
也是孤独的痕迹

所以以梦为马，让物联网废黜地域概念
让街道办事处成为世界的派出机构
发散有核无边
通达信息相连

现在，他们很超前
考虑利益分享

考虑人类命运共同体是什么模式
考虑一个小镇，怎么和地球村
平起平坐

张学梦

伟大的思想实验

一

公元 2017 年。当银杏树叶悄然冶金镀金之际，
一桩宏大叙事打断我对庸常琐事的沉迷。
平素安谧的北京人民大会堂
突然通体霞光熠熠——
人类哲学　社会科学思维的一轮新日冉冉升起——
划时代的伟大思想从此诞生——
我们是人类命运共同体，
让我们构建人类命运共同体。

饱和着潜无穷的正能量，
饱和着潜无穷的伦理感召力，
饱和着鲜明的中国智慧，
饱和着汉语言的葱茏诗意，
饱和着中华文明的古老基因，
饱和着新一代中国人的情怀、洞见和勇气……

立刻感染了我的琴弦，
立刻辽阔了我的视阈，

我的喜悦油然而生，
我的豪情陡然洋溢，
我的直觉刹那形成审美判断，
我的领悟瞬间触达时代命题——

这是人类思想拓展的新垦地
中国划下第一犁；
这是人类观念创新的新曙光
中国喷薄第一缕；
这是人类历史的新篇章
中国写下新导言；
这是人类精神史诗的新乐章
中国奏响新序曲……

二

在这个红色节点
中国以她的金秋硕果和一簇簇格言警句
回应了世界的期许——
给出开创人类进步事业的新概念，
给出整体提升人类理性的新启迪——
我们是人类命运共同体，
让我们构建人类命运共同体。
这一青翠的伟大思想
顷刻赢得世界的普遍认同、广泛赞誉。

在这个红色节点
中国以她的理论与实践、责任与担当、诗与远方的虹霓，回应了世界的期许——
给出共创人类美好未来的中国方案、中国蓝图
给出中国认识论新高度、价值论新追求、方法论新工具——
我们是人类命运共同体，
让我们构建人类命运共同体。
这一青翠的伟大思想，
顷刻赢得世界的普遍认同、广泛赞誉。

一把开启人类新时代的金钥匙，
一部发动人类新时代的金马达，
照耀人类新时代新人文精神的新光源，
描绘人类新时代新人文图景的新画笔……
迅速引爆媒体传播指数
迅速成为高峰论坛高频话语
迅速嵌进国际组织的庄严文件
迅速唤醒全球智慧智库智囊的智力参与……
这一青翠的伟大思想
顷刻赢得世界的普遍认同、广泛赞誉。

三

纽约曼哈顿区，联合国总部大厦，
镌刻着古波斯诗人的诗句："亚当子孙皆兄弟"①
大楼前的广场雕塑燃烧着人类热切的夙愿：
"我们要把刀剑捶打成铧犁"
我们是人类命运共同体

---

① 诗句作者萨迪。

让我们构建人类命运共同体——
这是联合国精神宗旨的新升华，
这是联合国徽神圣光耀的新质地！

从神舟飞船俯瞰地球，
从天眼巨瞳仰望天宇，
超越文明冲突，超越文明优越
超越现实的局限与藩篱——
我们是人类命运共同体
让我们构建人类命运共同体。
这是新时代中国精神积极卓越的伦理卓越，
这是新时代中国精神高贵芬芳的道德美丽。

一面永久和平的旗，
一面共同发展的旗，
一面友好合作的旗，
一面互利共赢的旗……
掠过人类思想史的过往群峰，
超越丛林法则，超越修昔底德陷阱，超越马基雅维里……
这是历史迷茫需要新指南时最及时的中国指引，
这是历史困惑需要新思想时最及时的中国供给。
宛若吹拂橄榄树的飒飒东风
宛若浸染菩提树的灼灼晨曦
我们是人类命运共同体
让我们构建人类命运共同体。

四

不论哪个大洲大洋，不论哪个国家地区，

不论信仰什么宗教，不论膜拜什么图腾神祇，

不论何种社会形态、文化范式

不论中心或边缘，发达或发展中，南北或东西，

我们都是同一历史长河的浪花涟漪。

我们都在共同经历着人类社会发展史的磨砺砥砺。

超越所有差别与分野

超越所有边界与范畴、对立与博弈……

飞出北京人民大会堂的

这一中国新声音，

为全球化世界的今天与翌日

打开新语境，绘出新格局——

我们是人类命运共同体

让我们构建人类命运共同体。

哪朵蔷薇绽放都增进了世界芳菲。

哪种瘟疫流行都令全人类恐惧。

热带雨林、寒带针叶林都在涵养世界。

气候变化、生态破坏都是全人类的忧虑。

核冬天就意味着世界末日。

遭遇整体性灾难……谁都休想单独逃离……

我们存在于同一物理场，

我们共同面对大自然温馨或冷酷的方程式、

原理、定理和定律。

我们同乘一艘船，漂泊在银河悬臂一隅，

我们注定风雨同舟，同舟共济。

世界和人类是一个利益链闭合的体系。

我们是人类命运共同体

让我们构建人类命运共同体

飞出北京人民大会堂的

这一中国新声音，

为人类世地球文明新发展点亮新灯塔，

为人类世地球文明新发展唱响新箴妙谛。

五

不论哪国梦，不论普适或殊异

都是人类梦的子集，

不论梦在爱斯基摩人的雪屋抑或白宫、爱丽舍宫、克里姆
　　林宫……

都是人类梦的局域。

人类拥有一个共同的梦，

我们理性和意志的光芒明确指向那里——

一个和平、繁荣、进步、和谐的世界

一个共同的人间乐园，人人自由、平等、诗意栖居。

历史新叙事，逆反于星系红移。

呈几何级数增长的，是人类彼此关联的紧密。

世界多元多样的同一，世界多边多维的统一。

我们一起高唱今朝的战歌凯歌，

我们一起畅想来日的高歌猛进和来日的披荆斩棘，

我们共同面对危机与挑战，

我们共同面对悖论与概率，

我们共同面对未知与无常……
我们共同面对两面神、双刃剑……

我们共建精神家园，
我们共同杜撰生存理由、存在意义
我们共同打造文化星辰
我们共同破解人性预设的魔咒与神启
我们同步共时地延续我们的朝圣之旅
我们甚至共同浪漫：有意将我们的地球文明
建成宇宙智能生物群的光辉范例。

我们共同绘制地球村风景，
我们共同完善地球村秩序，
我们共同开发地球村潜能，
我们共同沐浴地球村的金黄蔚蓝碧绿……

人类交响诗由各国国歌合成，
人类大花园由各国国花汇聚。
我们的共识产生人类思想的核聚变，
我们并肩携手，就是对人类历史的选择与驾驭。
因此……这青翠的伟大思想
即是人类新时代、人本主义新钟声、人文主义新理念、理
　想主义新号角——
我们是人类命运共同体
让我们构建人类命运共同体。

六

我一直像招潮蟹那样敏感于潮汐，
我一直追随金色未来学的羽翼，
凡形而上的喜鹊飞来，我都激动不已
我相信：观念是人类文明发展原动力。

对于美好未来、未来美好，我一直深信不疑，
我相信人类能够拯救自己，完善自己；
也相信守护人类的好心天使
不会垂下她们擎举的火炬。

总有挖掘朝阳的勇士，
总有探索前方的先驱，
新时代一定浸润着新启蒙的曙光
历史转折点，一定会有新雕像伫立。

当世界呈现没有辙迹的新旷野，
我高兴见证人类新时代新道路的沙盘设计。
当世界呈现新彼岸，
我高兴见证人类新时代新巨轮的起航鸣笛。

我一直像招潮蟹那样敏感于潮汐，
我一直追随金色未来学的羽翼，
凡形而上的喜鹊飞来，我都激动不已，
我相信：观念是人类文明发展原动力。

七

我以一个中国公民的视野，
赞美这一伟大思想的新锐，
它超越国际关系修辞学的旧有边际，
它超越国际理论文献学的旧有谱系，
在人类意识的天空倏然闪现，
以超新星的光强度，宣告新纪元破晓，
扫荡时代的迷惘与焦虑……

我以一个诗人的知性，
赞美这一伟大思想的卓越，
它把一个时代的自然与人文、历史与前瞻、探索与憧憬、
　　可能与努力
锻冶成一句精辟短语，
而且，恰在人类哲思低迷荒寒的时刻，
一语：石破天惊！一语：别有天地！

我以一个世界公民的海拔，
赞美这一伟大思想的恢宏，
没有否定性摈除，没有排他性封闭，
给出最大同心圆最大公约数的涵盖包容，
给出普世关怀的大境界、普世价值的大逻辑。
一派海纳百川的中国气象，
一脉和合文化的中国旨趣。

我以一个地球人的尺度，

赞美这一伟大思想的高尚，
大情、大愿、大善、大爱、大道义、大功利
肥沃妖娆人类心田的灌溉
原子、自我、灵魂自省、精神跃迁的洗礼
它是地球村的新福音、新吉兆
它给地球村植入一个应然好隐喻。

我以生存与存在的庄严
赞美这一伟大思想的和煦
它相信向善是人性的本底能量，
它相信向好是时代赐予，
它放飞的信念，化解我们瞭望的云翳。
它明确的方向强化我们行进的坚毅，
它是人类新时代最前卫最周延最明朗的新思想表达，
它是人类新时代最先锋最开放最完整的新理论奠基，
它是人类新时代想象力、创造力、意志力合成的春雷，
它是人类新时代理性、智识、良知合成的春雨……

我来赞美，倾注我的全部热忱
赞美这一必将写进联合国宪章的中国金句
我来赞美，倾注我的全部注意与关切
赞美这一必将写进地球人生存手册的中国金句
我来赞美，以我的理性乐观主义执念
赞美这一必将持久照耀人类精神圣地的中国金句
让我们共同咏诵，共同践行
贯彻历史进程、个人步履——
我们是人类命运共同体
让我们构建人类命运共同体。

八

祝福祖国，祝福世界，

祝福同胞，祝福人类，

划时代的分水岭巍巍隆起，

划时代的里程碑灿灿耸立，

人类命运的地平线祥瑞呈现

人类的美好未来，可以期望，可以企及。

有了中国划下的第一犁

必将犁出世界的田畴无边、稼穑莽莽、芳草萋萋……

有了中国喷薄的第一缕

必将带来世界的霞光万道、旭日冉冉、朗朗寰宇……

有了中国拟定的新导言

必将展开世界的新史诗……

有了中国谱写的新序曲

必将展开世界的新乐章、新华彩、新交响、新旋律……

我们是人类命运共同体

让我们构建人类命运共同体

这一发端于中国北京人民大会堂的伟大思想实验

必将开启人类新时代……新的历史传奇……

古 马

江南小景

在糯米纸一样甜的雾里
荷花，浑然忘记了
藕断丝连的成语
荷花，怎么会有暗伤呀

一只提腿收胸的白鹭
立在漠漠水田中央
美如雨天的瞌睡

它快梦见了
梦见，我和你坐在自家屋檐下
看着那些菠菜
那些芫荽
淋着细雨生长
收尽了天地的青翠

我们坐着，看着
看到老，也没说一句话

天堂小镇

雨后小溪挟裹着高山积雪和阳光的气息
亲爱的，我们且不忙随它去园子里摘菜
不用忙着洗掉菜根上的泥土

寺钟传送的金粉
是蝴蝶的晚餐
我们且去田野看看吧
看有多少蝴蝶，化身为明丽的彩虹了

虹桥这一头是甘肃
那一头是青海
无分地界的佛，是小镇最年长的居民
今夜他的左邻是你我
右舍是一轮白亮的月

刘立云

堆满银子的地方

从北京日行万里，走到
塔什库尔干
我才知道我们的祖国
有多么大，多么壮丽和富有
放眼望去，到处都是雪山
到处堆满白花花的银子
像一座敞开的露天摆放的银库
当我走到卡拉库里湖
用雪水擦亮眼睛
由九座雪山组成的公格尔群峰
光芒四射，我认出它们是
政府的银根，被调控的手
紧紧捂住，静观潮起潮落
而比公格尔群峰更高更巍峨的
那座，名声响亮
叫慕士塔格峰
是国家银库中最沉最贵重的
一锭，富可敌国

然后我们继续往前走
往天边走，往雪山顶上的红其拉甫走

那儿空气稀薄，青草爬不上高坡
但住着一群爬冰卧雪的人
一群被垂直照耀的紫外线照得
脸膛发紫，指甲翻卷，乌黑的嘴唇
常年绽开几滴血珠的人

他们每天的工作，是抬头
数清楚天上的星星
低头，数清楚大地的财产

七号界碑

沿着它伸展的臂膀往两边看
你将看见山的裂痕
雪的缝隙；看见逶迤的高高举起的栅栏
峻峭地切割天空、大地和仅占平原百分之四十八的
氧；但更多的人看见雪峰、冰川、冻土
一座站起来的大海，凝固的波涛
聚集十万匹奔马，排空而去

没什么是可以混淆的。界碑这边亿万年
耸立的山冈，山冈上覆盖的积雪
在大风中漫天扬起的沙尘
遍地滚动的石头，还有山冈在自身的晃动中
无数次微小的地震中，像河流般
流淌下来的雪末和粉尘
是我们的！而界碑那边的是他们的

界碑这边的天空滴下一颗露珠，或石缝中
偶尔长出一棵草，归我们；界碑那边
滴下的露珠或偶尔长出一棵草
归他们。最特殊的情况是，山巅上突然站着一只
黄羊，或者雪豹，可能它迷路了
正茫然怅望远方，但它向前一步
是我们的，后退一步是他们的
甚至天上的飞鸟和它们衔来的一粒草籽
也如此：落在我们这边，是我们的
落在他们那边，是他们的
甚至刮来刮去的风，飘飘扬扬的雪……

因此站在这里你必须睁大眼睛，必须
对我们这边的山冈、雪峰、满山
滚动的石头、漫天飞扬和流淌的雪末与粉尘
烂熟于胸。必须爱它们，哪怕在梦中
也要紧紧地把它们搂在怀里
包括爱它们的酷烈和苍茫，爱它们永远停留在
零度以下的气温，永远也吸不够的氧
就像爱我们的父老乡亲、兄弟
姐妹，爱自己的发肤和手指
爱那个总在喊喊嚓嚓的电流声中
站在故乡的高岗上，失声喊你哥哥的人

缪克构

幸　福

阳光好的时候我就去晒太阳
蓓蕾绽放，我就去赏花

修剪枝叶，洒扫庭除
比去见夸夸其谈的人重要
觥筹交错这就免了吧
我正在种一畦无公害蔬菜

欢迎蝴蝶来，蜻蜓来，小蜜蜂也来
夜里，我也要打着手电筒抓青菜虫子和蛞蝓
为九条锦鲤如何度过黄猫的偷袭暗暗着急

明月是我的镜子
茉莉和玉兰开花的时候
就能为我拭去心头的雾霾

我是一个幸福的人
如果，我这样觉得的话

许 岚

大国工匠

精确到 0.01mm 的呼吸
——钳工陈显林

在你陷入思考的时候。钳
是一个名词，静静地等着你的思考
揭晓答案。在你陷入工作的时候
钳，是一个动词。紧跟着你的手
像鱼儿跟着流水

一生都跋涉在这条叫钳的路上
自创了诸多节能增效的方法
一线操作工，和技能专家
不同的是身份。永恒的是拳拳的
赤子之心

机床。是一片土壤
低头一耕耘，一晃就十多年了
卧式加工中心，坐标磨床导轨精度
和校验的几何精度
就是你的高度，你的得意之作

刮研技术，是你的秘诀
五轴加工中心，是航天的高度

你将风的翅膀，精确到飞机的心跳

你将自己的责任与担当
精确到 0.01mm 的呼吸

亮了青春，也亮了黑夜
——电工宋远洪

在你电光灼灼的眼神里
工作和生活中。电，也有草根，和源头
喜欢和一位真正懂得它的人
成为知己、知音。所以

在你这位男子汉灵巧的手中
再桀骜不驯的电老虎
也会变得小鸟依人、温柔可亲
你赋予了电生命的意义
温暖与光明

金蓝领，工艺可与德国工匠媲美
是电反哺你的最崇高的敬意

你将光与光
深情款款地聚在一起
亮了青春，也亮了黑夜

蓝　野

海滩上的焰火

半岛是安静的
如一枚躺着的绿色叶子
这安静包含的太多——
热情奔放而又大气沉着

当半岛的夜幕垂下
白日蔚蓝的海风
渐变至深黄
渐变至浅灰色的夜间流岚
时光的大布一点点遮住这娇羞的海湾
此刻，静谧的半岛
宛如端坐的安静少女

突然升空的焰火
将这片沙滩照耀得白昼般明亮
多彩的夺目礼花
为这里的一切涂抹着新的颜色
远处的大海里汽笛鸣响
半岛和城市新区如一艘巨轮
就要起航

海 男

星期五的白色泡沫

星期五，将脏衣服放进了洗衣机
听见了滚筒的声音。在里面，白色的泡沫
人类发明的洗涤剂的泡沫，正洗干净
衣服的领口，这个部位靠头颈
靠近支撑点。就像善恶支撑了躯体
它仰起垂下，朝左右环顾
洗衣机在滚动，人类发明了诸多的泡沫
发明了机器人、手机、电话号码
洗衣机在滚动，白色的泡沫
挟裹着我们衣服上的泥浆
挟裹着黑色的星期五，噢，泡沫
整个下午四点半钟的时间
都在感受洗衣机的滚动
泡沫从塑料管道中再流入下水道
再流入看不见的深渊，去到我们不知道的地方
我隔着洗衣机的盖板，看见了泡沫
来自澜沧江的巨涛泡沫
好吧，我们不再谈论焦虑症中隐蔽的现象
就像男人和女人是两个不同的性别
好吧，在不同的白色泡沫中延伸的词
仿佛暗示我，唯有穿上鞋子的远游

可以结束星期五的黑暗
唯有语词，带我们去看更多变幻无穷的泡沫

阿　华

花儿开得很好

葱绿的山冈，花朵的海洋风起云涌
伴随着昨天的荒地和芦苇丛
花朵们开得惊心动魄

春天来了，我得承认
后来居上的楸树，高过低处的芒草

它的周围，时间后退
花儿回到草的中间，而我们
在山冈上流连忘返
用眼神与尘土和野草交流幸福
忘记了时间会像白云过隙

早晨读过的亨利·詹姆斯
让我记忆犹新，他在书中说
"我活着必有原因
——你迟早要找到我"
这霸道强悍的气息，让我觉得
像是遇到了故人

显然，我们都是在说春天

安 琪

春天，杏花

守不住了
春天浩荡，率领春风，率领春雨
一夜之间，拿下了守口堡

再高的城墙
再厚的城墙也守不住了，春天没有腿
没有翅膀
却翻山越岭，一日千里，杀进守口堡
堡内的杏树纷纷响应
举着白色的杏花旗起义
"我在这里"

守不住了
杏花倾倒杏香，作为迎接春天的礼物
杏花探出木门紧闭的农户，向春天示爱
春天春天
快带我去往远方，我也有睁眼看世界的梦想
我也要像你一样，满面春风，走遍大地

陈　翔

在国家图书馆

我回到上一次离开的位置
像乐手回到他中止的乐章

在倾斜的光焰里
我的书躺在桌上
仿佛一只敛起翅膀的鸟

这些羽毛般绵密的长短句
被我的手掌翻动着
阳光赋予它们金色的重量

没有风，我的视线
行走在这片深秋的麦田里
如一把镰刀辨认它的命运

在午后的阳光下
世界是新的是盲的
事物毫无目的地美丽

一种明亮的喜悦震动了我
仅仅因为活着，没有死去

程　维

向悲壮的中年致敬

人到中年，都有很多疼
有些伤口最好别碰，一碰就出血
有些伤心事无力挽救，又不忍
眼见它沦为悲哀，满身都是不堪
抱住黑夜痛哭，也于事无补
中年的黎明是破碎的
我仍在拼结最美的图案
中年的旅途饱经风霜，我会把它画成
揪住乌云的风景，从树的弯度
可以看出腰椎再次发炎，受力部位
到了临界点，它的每一次支撑
骨头都在咬住疼痛，当阳光
迸溅出一个新的早晨
我首先要向悲壮的中年致敬

大　解

下午的阳光

我坐在石头上，石头在河边，
河水并未衰老，却长满了皱纹。

下午的阳光有些倾斜，风刮的
薄云越来越高，最后贴在天顶。

天空的背面，似有远行者，
去向不明。

我坐在石头上发呆。
你坐在我的旁边，和我一起发呆。

什么也不说，就这么坐着，
晒着太阳，吹着风。

我们并不知道这就是幸福，
甚至一点也不知晓：

亡灵推动着地下的石头，隐者在转世；
三生以前，我们曾是恩人。

画手表

在女儿的小手腕上，我曾经
画出一块手表。
我画一次，她就亲我一口。

那时女儿两岁，
总是夸我：画得真好。

我画的手表不计其数，
女儿总是戴新的，仿佛一个富豪。

后来，我画的表针，
咔咔地走动起来，假时间，
变成了真的，从我们身上，
悄悄地溜走。

一晃多年过去了，
想起那些时光，我忽然
泪流满面，又偷偷擦掉。

今天，我在自己的手腕上，
画了一块手表。女儿啊，
你看看老爸画得怎样？

我画的手表，有四个指针，
那多出的一个，并非指向虚无。

董国政

花，或女人的马拉松

遇见的花都在舍命奔跑
海棠因惊诧而微颤

花的汗水芳香。一路上
风在深嗅，观者成潮

没有人询问，她来到之前
越过了多少雄关和铁障

但花懂得，必须扔掉拐杖轮椅和屠刀
用快跑，压住人们心中的故旧与单调

枝条乐于给花开辟新的腹地
大地弓着身，请她书写一篇妩媚

如今，她的每一根蛾眉上都是车水马龙
整个世界就是一树繁花，与时光和女人在同一条赛道

冯　娜

诗歌献给谁人

凌晨起身为路人扫去积雪的人
病榻前别过身去的母亲
登山者，在蝴蝶的振翅中获得非凡的智慧
倚靠着一棵栾树，流浪汉突然记起家乡的琴声
冬天伐木，需要另一人拉紧绳索
精妙绝伦的手艺
将一些树木制成船只，另一些要盛满饭食、井水、骨灰
多余的金币买通一个冷酷的杀手
他却突然有了恋爱般的迟疑……

一个读诗的人，误会着写作者的心意
他们在各自的黑暗中，摸索着世界的开关

出生地

人们总向我提起我的出生地
一个高寒的、山茶花和松林一样多的藏区
它教给我的藏语，我已经忘记
它教给我的高音，至今我还没有唱出
那音色，像坚实的松果一直埋在某处

夏天有麂子
冬天有火塘
当地人狩猎，采蜜，种植耐寒的苦荞
火葬，是我最熟悉的丧礼
我们不过问死神家里的事
也不过问星子落进深坳的事

他们教会我一些技艺，
是为了让我终生不去使用它们
我离开他们
是为了不让他们先离开我
他们还说，人应像火焰一样去爱
是为了灰烬不必复燃

祖　国

我怀疑　我的孱弱的身躯
如何承载一场庞大的抒情

我只想　我在世界的尽头喊妈妈
你一定会朗声地应答
我只想　你在暗夜里不眠
我就擎一盏细小的温黄　在角落

如果这一切注定要被人冠之以宏大
那我就安静地坐下来陪你
什么也不说

龚学敏

春天的阿哥
—— 写给时代楷模藏族邮政员其美多吉

邮政绿把高原画成了春天，阿哥，
邮车的喇叭是永远盛开的花朵。
让我们把传递的幸福，
播在比原野还要广阔的希望中，
发芽是大地温暖的幸福，
开花是大地祥和的幸福。
阿哥，让我用三十年的邮路，
熬一碗酥油茶，敬你。

邮政绿把高原画成了春天，阿哥，
邮车的身影是春天神奇的画笔。
让我们把一生走过的路，
画进比天空还要纯洁的理想中，
默默是奉献的一生，
绚烂是追梦的一生。
阿哥，让我用三十年的雪线，
酿一碗青稞酒，敬你。

把雪花邮寄到北京，祖国的花园里
又多了一枚其美多吉的花朵。阿哥，

你给地球献上的三十五条哈达，
是我们亲手种下的梦想，
是中国的梦想，是献给世界的花朵。

桂兴华

新书架里的旧瓦片

如果它不稳定
心里就会掀起风暴
人的一生也许就是为了
获得这一片实实在在的瓦!

这片瓦
是老父亲弓下的脊背
是危棚最后的贫困
是岁月留下的另一页记录

此刻
早已逝去的一夜夜风声雨声
竟然与一本本身披盛装的书并列
许多记忆的翅膀就在这上面起飞
又在这上面降临

主人真有心计
将它这位待遇最低的打工者
从电视连续剧里请了下来
让客人们经常打开来细细品读

想想悲凉的从前
好像天天在下雪
一旦起风了，落雨了
总担心它会坠落
它习惯了忍受
习惯了在雨点的敲打中
伏在缺草少树的第一线
扩展着家可怜的面积

今天
一辈子都穿着深灰色外衣的它
只是装修中的点缀了
它稳稳地坐着
跟五湖四海打招呼

它在对比
它更在提醒所有的眼睛
不能仅仅关心
这片积过厚厚霜雪的瓦

郭建强

昆仑峡口

要倾慕就倾慕更高处的雪。
坐在云层，品尝更古老的寒冷。
煎熬着的灵魂，发出金属鸣响的颤音。
你知道自我是拳头大的温热。

一滴眼泪包裹着你，大风在透明地摇晃。
而你在后视镜中攥紧这颗泪水，跌跌撞撞扑向鹰翼。
终于到了没什么可以喝令你的时刻，
终于，你可以正视人间恋爱，在这尖锐的寥廓。

黄礼孩

无限的凝视

转身的一月，告别与迎向叮当作响
星星松开了夜空，美妙的颤音称出泪水的重量
自由的吉他，它啜饮并迅速地换上另一种呼吸
出于骄傲，一道疯狂的光，太阳棉线一样抛出
被美触摸过的事物，它内在的宁静散发出无边的喜悦
天空移动幻觉的海洋，云朵退还给云朵
有什么样的视野就有什么样的土地
爱把迷人放在时间的前方
幸运的人捡到意外的火焰
日子没有完结，生活过于日常，只是这一天
突然长出的新枝，一见倾心的生命闪亮每一个瞬间
纯粹是风的白与轻，再沉重的翅膀也有飞的欲望
羽毛在旋转，画出记忆的花唇
灵感获得了梦的飞芒
怀着生长的爱，光一样分娩，把玫瑰带入永生之境
我们爱得这么少，但爱出尘世的温暖与丰饶
蓝色的凝视，去凝视吧
就像春芽凝视太阳，用珍贵的眼神
新年地平线涌过来的特殊之光

简　明

立体的祖国

天空、海洋、森林、高山和平原
工厂、公路、学校、村庄和家庭
阳光、氧气、黄金、煤炭、石油和盐
特区、高速公路、机场、粮食和水
十三亿人民心中的祖国
以她空前辽阔的怀抱，无限兼容的内存
将这些互不相干的生命体，联系起来

并且让它们以超过百分之七的加速度
成——长

让新时代的曙光，在十万社区奔走相告
让青山绿水，覆盖绵延九百六十万平方公里的县域
让扶贫攻坚的春风化雨，联络容量为十三亿水立方的雨季
改革开放四十年的脚步，没有停顿，更加铿锵
伟大的事业像博大的爱，没有盲区

没有东，没有西，没有南北
没有上，没有下，没有先后
消灭庸昧和贫穷，奔向繁荣和富强
中华民族的复兴之路，不分种族

只有初心和孜孜不倦的大怀柔
托举华夏儿女的头颅，朝上
尊严的唯一方向

把天梯架设在心跳上
把梦想夯实在砥砺前行的拼搏中
让我们体会无所不在的立体祖国

新——中——国
新——时——代

剑　男

忙　音

我的母亲老了，一个人住在护城河边上的
一座旧房子里
开春时候她逐一给我们打电话
说父亲走后第一次感觉自己成了一个孤儿
说河边柳绿了，河水
已涨到了堤腰，并以近乎乞求的语气
希望我们找个时间回去采河边鲜嫩的水芹
我们当然能听出母亲的言外之意
一个正在老去的母亲当然有权力要求变回
一个使气任性的孩子，但我们
都不能接受她在自己的儿女面前低声下气
约好姐姐和弟弟后，我给她打电话
说我们平时的工作都很忙
周末我们一起回去看她，并委婉地告诉她
活到这个年纪用不着再去讨好任何人
哪怕这个人是自己的儿女
但我的话还没说完，电话里却传来一阵忙音

清　明

花开得那么好，我们通过默思
将一个入土的人从他生前凄苦的生活中
救了出来，我们挂纸、上香
我们赋予仪式以意义，但我们无法解释
生命也会以某种形式死而复生
一生耿介的大伯坟头长满倔强的牛筋草
祖母坟首长满温顺的细米泡花
似乎生前身后，他们都在通过植物
表达对生命的诉求，血肉之躯归于泥土
但我不在春天怜悯人世的艰难
我只在乎这场与时代共荣辱的春风中
所有的生命是否都能入土为安
拨开郁郁的青草和花木
后来者是否都能够像我们一样
通过植物去指认那些普通而卑微的生命

康承佳

因为你

今晚星辰硕大，以温和的光线
再一次探访我们。抖落在你指缝间
不小心泄露了好看的阴影

在你身后，灯火扣留住云朵
候鸟不再过问迁徙
所有在冬季覆盖过雪的事物
又一次，被月色充满

即使，群山借远方兜售着绝望
二月倒春寒浓烈异常，但我还是窃喜
毕竟我和你，只隔着流水的细节
山石草木，足以虚构一整个春天

武汉二月

我们隔着半个武汉坐着
任云朵盖住山脉留下巨大的阴影
雨水缓缓聚拢，等俯身的时候
人间便是春天

听说梅园早樱都已经开了
起风时，便抖落了湖北的傍晚
打鱼人从此路过
顺便卸下了一个世纪的晚年

东湖水隐藏着时节的虚构
等到桃花点燃两岸
你从珞珈山头看它们的时候
这轻盈已经足够我们用尽一生

李 点

大海短章

从北温带到热带
需要飞行三小时五十分钟

被寒冷覆盖的北国已深陷沉寂
大海已在我心中提前汹涌

云朵过于洁白，大海过于蔚蓝
甚至，你无法指认模糊的天际线

飞机在略微失重状态下，呼啸着
从一片蓝扑向另一片蓝

永兴岛，仿佛浮出海面的一枚海螺
更像镶嵌在天际的一颗星子

我将不得不面对大海一样
滔滔不绝的喜悦和泪水

作为过客，我不介意
以这种方式和你擦肩而过

在轮回中经历生死、爱恨和悲欢
终有一天，我会深深回忆这一切

蜈支洲岛的火焰木，礁石上的石头蟹
赵述岛的羊角树

黄昏，我们坐在防浪堤上
倾听大海平静的低语

"回想异土他乡的路途
回想那些不期而遇和早已料到的告别"

你我胸中有同样的起伏和流逝
唯有浪花和爱，不可阻挡

林 雪

扫街人

相对于小镇起伏的街道
扫街人是被动的
相对于小镇邮递员
他比绿制服和轻便雨衣
更容易估值
他脸上有两倍于贬黜又擢升的喜庆
相对于得了文学奖的驽马
他比电瓶车卑微，比堤坝孤立
比秋风、浮云和关卡
更漫无目标
他知趣地绕过军事禁区
假装看挖河泥的驳船上
掠过的热气球

他似乎并不关心铁锚飘荡
捞出多少浪漫
才还原出岁月一个情节
多少往事从疤痕中增生
相对于高贵者，扫街人
有一丝不苟的平庸
笤帚移动，抹平了空气

扭弯了空气。他身上
多出的腿脚
像无名昆虫暗含怨意
相对于流水生产线
运转出的温饱之都
相对于污浊大于打扫
相对一条街大于他本身

黎　阳

赶路，夜行成昆线

喜欢在夜晚赶路
这样的时候我会心怀月亮
伴随着漫天的星光
可以阅读很多往事

夜行的时候我不会写字
面对着窗外的黑暗
我会举起一盏心灯
聆听父辈们轰鸣的战鼓

这是最初的幸福
却是汗水和泪水凝结的典故
在夜晚，很亲切地依偎在卧铺上
脉搏跟着行军的脚步

成昆线上　几辈人的劳苦
在一夜之间走了一遍
所有的鼾声　和梦呓
让我彻夜思索　我的路
有没有这样艰苦　有没有
这样隆重的上路

康宇辰

归家之路

成都的雨，接连凉透了夜晚。
在这个短暂的飞地，无人惊扰时
可以从往事和书籍挖掘黑暗的蜜。
我的阅读，也契合了十年以前。

那时的我，手捧生活的魔盒，
尚未打开的、收纳了五彩种子
和少女心事的。那些偏执的诉说，
那些光荣和梦想，都还年轻，

并因而得到了宽恕。我不知道
——当我写下最初那感伤的诗篇，
我不知道美与美德，或生之苦涩。
这座城市，我曾以为它不提供答案。

但乘地铁转公交车回家的时候，
却仿佛溯洄从之，道阻且长，
伴有母亲十年以后更安宁的脸。
虽然北国岁月已鞭打出一些智慧，

我却还是惊讶地发现了

路旁树木垂下的根须，仿佛门帘：
掀起来，望进去，这路程尽头
就安放着我幽暗的家，这答案

原来一直存在着，人生却是不断寻找
它的问题。成都的落雨可以煮酒，
在最初的秋意中，一个和解的夜
为一条永恒的大路镀上莹然星辉。

孔祥敬

紫蓬之夜

静，静得出奇
紫蓬山静成了影
卧睡的神童
堰湾湖眨巴一下眼睛
青睐了半个天空
偶尔有飞行器掠过
裸露
十八洞肚脐的
高尔夫果岭
剩下了草莽与心悸动
突然，一阵又一阵
军号吹皱这秘境
原来湾湖的对岸
藏着兵营
挺直的树惊醒了
它摇曳
像旗帜冲锋
一个新的黎明
从肥西奔跑喧腾

施施然

雾中访那色峰海

很难说，白茫茫的大雾
是从哪一个方向涌来
路边迎春花褪去了颜色
灌木、树枝，和褐色的山石
向后隐去了踪迹
几米开外，皆虚无的空旷
我向四周探寻，没有鸟鸣
和万千山峰，只有同伴
折射回孤单的目光。此刻
栈道是一座梦境中的孤岛
很多时候，就是这样
我们行走在未知的路上
世界被重新涂抹。一切
都看不清形迹。只有雾的浓度
提示我们攀登的高度

印度洋

这地球另一端苍茫辽阔的奇迹
这灰色的液态的身体

不知疲倦地奔涌
在同一个地理位置

仿佛饱含着痛苦的热泪
或僧伽罗语满足的叹息

鲸鱼从它心脏中跃起
又在游客惊呼声中瞬间消失
于霞光中切割成
无数亮片的海面

一切太激烈的事物
终逃不过戛然而止的命运

它也曾无辜地吞噬船只
将它们永远吸纳进海底
像那些年我们错手失去的人
被深埋在心底

李满强

丁酉冬日，与诸友在永兴岛仰望星空

让我忽然间泪流满面的，不仅仅是
这里簇拥的蓝，自由来去的鸥鸟和鱼群
还有夜晚的灯塔……灯塔之上
那斑斓的星空

有人支起了相机，想留住这美好的一刻
有人指着十一点钟的方向：
"瞧，那勺子，多么明亮啊……"
"此刻，我们都是被星光喂养的孩子……"

那一刻，就连身边的大海似乎也安静了下来
而我知道这里是三沙，是永兴岛，是祖国的南方之南
它距三亚 339 公里，距海口 452 公里
距北京 2680 公里，而在 13601 公里外的某地：

生活着另一些觊觎这片星空的人

李 琦

世 界

从前，我年轻，特别爱谈世界
我的向往和好奇，无边无际
世界之大，太多想去的地方
每次远行，兴奋得都有些慌乱

如今，我的世界
具体而琐碎，触手可及
就是眼前的饮食起居
包括常去的药房、书店、超市
年迈的父母，就是整个亚洲
要安于倾听，母亲的前言不搭后语
谨慎耐心，搀扶不能自理的父亲
艰难地下床，一步一挪
气喘吁吁，坐到他的老椅子上

流水的光阴，铁打的世界
我貌似已循规蹈矩，心生凉意
却依旧在世界的目光下，想象着世界
世界，你如此博大、绚丽、神秘
你的千般美好，你的险象环生
包括由你生成的各种遗憾，锥心之痛

依旧具有如此魅惑——
你地心引力般的沉沉召唤
你的深不可测，你的不可抵达

梨树印象

到达梨树，再一次知道
不要只看事物的表面
比如，在梨树，看不到梨树
在古城遗址，也不见古代的气息

梨树是风雅的地方，每一盏
路灯上，都有诗人的辞章
夜晚来临，当人们需要照亮
那些诗句就携带着光芒，出现了

那个小小的孩子，正仰着头
听母亲轻轻地，念着灯柱上的诗
人生很长，在小城，在妈妈的声音里
一个孩子，正开始与诗歌最初的相逢

李郁葱

春日，再一次江畔漫步

在我们看见的江上，远山是
一种饥饿，如果天空也是一种饥饿
直到蔚蓝的风弓起身，不为人知地颤栗
直到阳光的咆哮让一朵花学习着凋谢
(用那化作尘土的谎言作为钥匙
请和所有黑暗中发芽的种子共谋)
我们是那些渔舟失去了独钓，承受身体里
一个渔夫的佝偻，他谴责着，而
狂暴的马奔出我干涸之躯，携带着
这些花，这些肤浅的涟漪，给昨天
虚假的承诺：过去是一个遗址
但明天依然。照相机能够留住细小的
侧面吗？对于这些我们无能为力
正如我们共同看见，但给予你的
和给予我的并不相同。我愿意
用饥饿喂饱风景里的人，让春日
是一匹狂野之马，饮下
那酒精，不要驾驭，不要缰绳
就是快乐地撒着野：春日，沉溺中的
大地，能够点亮那么多的无用！
我学习着无用，这无用的心多么快乐

李元胜

树正寨歌谣

那长在大树上的蕨类啊
再年轻，也是我们苍老的长辈
我的手指紧紧握着它们
我们仍然是分开的

那栅栏上悬挂的绳子啊
已经失去了牵着的牛
我们也不再反顾身后的小路
但也关心究竟从何处出发

那牧羊的少年啊，为羊群打开圈门
经历人生的第一次审判
雪白的他来到了阳光下
漆黑的他也来到了阳光下

那低头行走的中年人啊
是否忘记了头顶的雪山和星空
你的行程已经走过一半
这人间，是否你也读懂了一半

那沉默不语的老人啊

仿佛夕阳中的古刹
他的庭院，仍然走动着故人
他的黄昏，才是他们最后的黄昏

那塔前的诵经人啊
放不下他放牧过的羊
也放不下他爱过的雪山和故人
都午夜了，他还灯火通明地坐着

过三沙北礁

飞机在减速，我看见翡翠的岛
看见了它的半透明
我看见了颜色很深的海水

我想起
依赖了几十年的墨水
在我们的飞行中，早已不知所踪

那颜色很深的，带着我们思想纹路
以及
下面的珊瑚礁和海沟

在深夜敲打着键盘的我
只不过是一个丢失了大海的人
一场大梦仍旧囚禁于
我们遗忘的墨水瓶中

我不过是一点点
它溢出的部分

梁尔源

今年清明种棵松

在春天的伤口处
种上一棵松
给眼神多添一个念想
让灵魂能舒展臂膀
用四季的针线
缝合那裸露的红尘
选择一种永恒的色调
粉刷斑驳的大地
给凋谢的花环
留下疼痛的悬念
春风尚未走远
将梦托给绿色的小手
一轮一轮地翻着
深埋的记忆
一节一节向天空举起
那孤寂的星星

玫瑰的温度

533 次列车像一支丘比特利箭

在高温中释放爱的速度
从车窗的折射中
有一对玫瑰在悄悄绽放
两对灼热的目光
就像刚点燃的秋草

当天使的红唇甜蜜地贴近神话
列车喇叭里突然传来急救的呼唤
她的神情立刻调整频道
猛地从宽厚的港湾中站立起来
直奔六号车厢而去

她用南丁格尔的心扉
释放出"90后"的冷静和娴熟
那双圣母玛利亚的小手
在板结的灵魂上起伏
她抹掉男友刚留下的吻痕
用纯洁的无畏
吸吮着那失去知觉的闸门
司芬克斯终于从羞愧中逃离

我的眼神始终在追逐
这朵玫瑰的身影
她在我瞳孔中放大
在窗影的幻觉中重叠
在广袤原野的渴求中绽放

卢文丽

所有美好的事物都将翩然抵临

这阵飘忽的风温柔又疲惫
像风尘仆仆的行者历经长途

它吹过低矮的屋檐和王侯的高墙
让天井废弃的础柱长出养眼青苔

它唤醒做梦的耳朵，地下的荠菜
让家家户户，小窗灯明，沐汤燃香

它的衣袍宽大，沉静舒展，所到之处
万物像一件件被细细擦亮的银器

它给迟迟未雪的南方捎来一枝红梅
命令樱花桃花杏花梨花们加紧排练

用不了多久一场永恒的盛典即将来临
大地燃烧的歌声让人类今夜无法入眠

它带着似曾相识的气息也吹过你
让你双目微闭，心头滑落两滴鸟鸣

念及物华天宝，斯世足堪留恋
所有美好的事物都将翩然抵临

路 也

辽 阔

给悲伤装上轮子，就这么一直开下去吧
给孤独装上引擎，就这么一直开下去
给苦闷装上底盘和车身，就这么一直开下去

这人生不会太久，不必拐弯抹角，要笔直向前
像这穿过沙漠的高速公路一样

那些灰褐色远山光秃着，干旱得那么倔强
天空已经蓝到举目无亲了
仙人掌对它举手加额

偶有巴掌大的小镇，在茫茫荒凉之中
珍爱着自己

一列火车在远处缓缓移动
橙色车头牵引着总共一百二十六节车厢
即使如此拖拖拉拉，也可以做到永不回头

鹰把自己当英雄，飞至天空的脚后跟
全力以赴地奔向空荡和虚无
大朵大朵的白云，具有云的本色

走走停停，飘浮在天国的大门口

大地在向后撤退，同时又向前铺展
时间和空间在速度里既重逢，又诀别
大巴车斜擦过三个州的腰，仿佛行驶在火星

太阳从左车窗翻滚到右车窗
它过分鲜艳，以至于接近苦难

地平线有更大野心，是不远不近的劫数
它在拉紧，在伸展，在弹跳
其实它是无限，无限的一半是多少？仍然是无限

小山坡

下午三点钟，我仰卧在小山坡
阳光在我的上面，我的下面，我的左面，我的右面
我的前面，我的后面
阳光爱我

太阳开始偏西，我仰卧在小山坡
在我的上下左右前后，隔年的衰草柔软又干爽
这片冬末的茅草地如此欢喜
一个慵懒的人

我仰卧在山坡
坡度不大不小，刚好相当于内心的角度

比照某个诗句，把自己当成一只坛子
放在山东，放在一个山坡上

仰卧望天，清风、云朵、蓝天、喜鹊
一道喷气飞机拉出白色雾线
它们按姓氏笔画排列得那么有序
我还望见虚空，望见上帝坐在云端若隐若现

天已过午，人生过半
我独自静静地仰卧在郊外的茅草坡
一个失败者就这样被一座小山托举着
找到了幸福

罗 铖

我爱着

我爱着故乡的春天
桃花今年在哪里开
明年还在，它们安静地等待

我爱着四月的黄昏
鸟群看见的远方都献给落日
从头顶飞过，有明朗之心

我也爱着错综的街巷
体内奔涌着河流
我也爱着高耸的楼宇
骨瓷的碗碟会承受更多的光芒

无数的爱都是斜倚的一种
比如蜂尖刺，比如花间蜜，比如蜘蛛眼
除此之外，我对苍穹之下一无所知

如果父亲能说出答案

柿子挂在梢头，山鸟却已倦了它的甜腻

在屋檐上抖动鲜艳的羽毛
白日依山，父亲偶尔会重复这一句

祖母的墓地，鲜花说出了她生前的沉默
那些花是谁栽种的？星星的光线汇集
它最明朗，直到风的到来

如果父亲能说出答案
初冬之风会很快入定，保持均匀的呼吸
这时候，父亲的微笑也像山坡上的野棉花

又软又轻，可雪不会下错地方
风也不吹无故的忧伤
倚墙独坐，他时明时暗的皱纹是寒露或霜降

娜 夜

幸 福

大雪落着土地幸福
相爱的人走着
道路幸福

一个老人用谷粒和网
得到了一只鸟
小鸟也幸福

光秃秃的树光秃秃的
树叶飞成了蝴蝶
花朵变成了果实
光秃秃地
幸福

一个孩子我看不见他
——还在母亲的身体里
母亲的笑
多幸福

——吹过雪花的风啊
你要把天下的孩子都吹得漂亮些

想兰州

想兰州
边走边想
一起写诗的朋友

想我们年轻时的酒量热血高原之上
那被时间之光擦亮的：庄重的欢乐
经久不息

痛苦是一只向天空解释着大地的鹰
保持一颗为美忧伤的心

入城的羊群
低矮的灯火

那颗让我写出了生活的黑糖球
想兰州

陪都借你一段历史问候阳飏人邻
重庆借你一程风雨问候古马叶舟
阿信你在甘南还好吗！

谁在大雾中面朝故乡
谁就披着闪电越走越慢老泪纵横

年微漾

大美工匠

天地在外，人行其中
顶天立地即是"工"
我那象形文字草创的姓氏啊
它承接着天的精华
也传续着地的荣耀

箱匣为表，斧斫为里
收敛锋芒便成"匠"
我那石器时代敲打的名字啊
它透露出草的绵软
也紧握住石的坚韧

没有春天，就铺设春天
往东掘进一万里
在公路和铁轨间，收集星辰的咏叹
在桥梁和隧道里，照亮虫鸟的欢鸣
直到把一封群山的家书
送抵大海的邮箱

没有夏令，就运输夏令
南下武夷各有所指：让一节动车

驶进土楼，让一辆公交
在闽南的客厅里搬动方言
让飞机升降学会莆仙戏的声调
让出海的船只，替闽东的海浪问候台湾

没有秋分，就编辑秋分
横撇竖捺撰写人间。用强烈的修辞
加重生活的诗意，用一道红笔
改正迷失和无聊。用好看的字体
在汗水中显现盐晶，最后啊
还要把敬业和奉献装订成册

没有冬至，就生产冬至
流水线传送雪花
要冰冻坚实牢固，要霜凌
干净地挂在树梢。要松柏苍茫
安全地越过寒冷的保质期
要塑料的冬天，紧紧包装来年的希望

啊，工匠！怎会有一座料峭高峰
不被你的目光所俯视
怎会有一道险峻天堑
不被你的豪言所抹平

你有刨根究底的毅力
熟悉土壤的文字，破解岩石的通假
当泥沙的奥义，被层层剥去
就终会开采出金光闪闪的真理

你有删繁就简的豁达
大树参天，是因为装着佛像
只有雕琢如同仪式，也只有上色
类似信仰，才能触碰木头的神性

你有条分缕析的睿智
把雨装进水库，派往低处的城镇
顺便也把天空的倒影
按劳分配，让千家万户都得到水的安宁

你有斗志昂扬的激情
纵然是脸色如炭，十指黝黑
也要往熊熊燃烧的炉膛中
送出自己火焰一般跳动的心

你有厚德载物的宽容
群山驳杂，村野星罗，阡陌交错
一根根电线投影的地方
就是辽阔国土的掌纹

啊，工匠！怎会有一张美好蓝图
不被你的双手所绘制
怎会有一个梦幻远方
不被你的初心所惦念

在城市中，车水马龙，熙来攘往
我能感觉到，你不拘一格的创造

在小镇上，朝九晚五，宵衣旰食
我能寻找到，你擦肩而过的身影
在乡村里，柴米油盐，人情冷暖
我能体会到，你牵肠挂肚的情怀

天地在外，人行其中
顶天立地即是"工"
啊，工匠！你承接着天的精华
也传续着地的荣耀

箱匣为表，斧斫为里
收敛锋芒便成"匠"
啊，工匠！你透露出草的绵软
也紧握住石的坚韧

啊，大美工匠！
你是中华民族的脊梁！

秦立彦

初夏的歌

一大丛黄刺玫，
黄色的火呼啦啦燃烧，
旁边的老树，老房子，
都抱紧自己的身体，
警惕地注视着它跳动的火苗。

走近这火，
你会听见不间断的嗡嗡声，
在鸟声之下，蝉声之前，
那是初夏热烈的歌。

一只蜜蜂提着小桶，
向一朵黄花飞去。
在它的眼中，
那黄花那样大，那样耀眼，
花蕊上的粉那样清晰。
四周是醉人的黄，醉人的香，
它即将采集到满桶的甜，
我听见它发出满意的叹息。

宋心海

我和风都是这里的仆人

沙土质地，四腿镶石
随季节的轮转，它变幻着颜色
只有风不变

只有坐在这里
才会放下满身的刀剑
看王太屯的起伏辽阔

家乡的山冈，最安稳的座椅
每次临水而坐，都感觉
进入了一座宫殿
我和风都是这里的仆人

汪剑钊

比永远多一秒

一片啼啭的云飘过，
遮住摩天大楼的避雷针，
而我，把你肉感的短消息握在掌心，
仿佛怀抱一个盛大的节日。

我随手整理了一下身上的红毛衣，
超现实地联想到艾吕雅，
自由之手曾经疯狂地建造爱情的水晶屋。
一项必须两个人完成的事业：

生活，赶在终点站消失之前，
我无可救药地爱你，
那是情感专列对于时间钢轨的迷恋，
永远爱你，永远……

哦，不，比永远还要多出一秒！

科尔沁草原上的蒙古栎

四点五十分，科尔沁，

草原涌动，恰似潮水漫过我的胸口……
名词携手动词，挣脱形容词和副词的束缚，
撒开四蹄，在草原上驰骋……
美啊，如此丰满！如此辽阔！

那掀起少女裙角的晨风
同样会抚摩曦光中的每一株野艾蒿。
黑夜尚未远离，它还逗留
在鹅卵石翻动的漩涡，——
日月同辉，罕见的天象昭示某种吉祥，
蓦然，我看见一棵挺拔的栎树，
在草甸子秘密的铭文上站立成丰腴的感叹号。

迎接曙色的栎树出自本能亲近天空，
波浪似的锯齿叶在八面来风中任性摇摆，
但从不迷失自己的方向。
把根须深深扎进贫瘠的粗骨土，
活着，就需要穿透钙积层的封锁，
需要与身边的马蔺草和地榆和睦相处，
需要背负寸草苔丛生的绝望，
需要复制石头的沉默……

我伸展筋骨，扔掉知识的空口袋，
弓起僵直的脊背与腰肢，
匍匐，向一棵蒙古栎学习坚韧与谦卑，
领悟审美的辩证法，
美啊，如此高蹈！如此隐微！
在科尔沁，六点钟。

汪再兴

十月的天空

是鸽子提醒我打开黎明的窗户
目光随扑棱棱的声音飞向天空
让一种心情，在十月里芬芳地行走

十月的天空，我心飞翔
那些光芒，让稠密的云迅速地生发晴朗
连鸽子洁白的羽毛，都通透着亮光
仿佛一丁点火光，就会点燃雪白的棉花
大朵大朵的阳光啊竞相开放
让浸透的血棉纱，翻卷着灿烂的朝霞
天空不空，蔚蓝的风歌唱着雄浑的交响
预警机，领着一串串飞机排着整齐的人字
后羿射出的火箭，正推送着嫦娥的快递
昨夜的星星，也还在兴奋地尖叫
说：东方，你的名字叫太阳

十月的天空，我心激荡
就像太平洋的波涛，汹涌着浪花
簇拥着美济、渚碧、永暑等一个个岛礁
浮出海面，组合出一颗颗心的模样
在舟山群岛，在碣石，在三沙

都是千帆竞发，一艘艘渔船相继出港
那排山倒海的力量如此浩荡
就像辽宁号编队的铁铧犁过海峡
眺望，当郑和的船队消失在远方
一望无际的太平洋，依然碧波荡漾
而浪花的下方，蛟龙号正在归航

十月的天空，我心痴狂
就像起起伏伏的群山，翻滚着波浪
那些江河，挽起一根根水汽氤氲的哈达
和座座高压铁塔、条条高速公路竞相缠绕
呼啸而过，和谐号与复兴号比拼着高铁的速度
编织着巍巍昆仑，耸起珠穆朗玛新的高度
而那些高度的温度，熨帖着一个个游子的心胸
就像三峡、二滩水库，眼睛里站着梦想的天空
更像天安门前阅兵方队踏出的脚步
激情似火，雄壮如风，仿佛齐整整地呼吼
前进，中国！万岁，伟大的祖国！

——又是鸽子提醒我打开黎明的窗户
目光，随扑棱棱的声音飞向天空
让一种心情，总在十月里芬芳地行走……

王若冰

在察尔汗盐湖

如果我能够把满身的尘埃
和深藏不露的灵魂清洗干净
这铺满白雪、泛着幽光的湖面
就会少一些俗世的纤尘、人间的污垢

如果抵达之前，我能够面向昆仑祈祷
背对雪山诵经
与幽蓝的湖水，棱角分明的盐粒相遇
我就不至于手足无措，心生寒意

如果察尔汗盐湖是黎明的门槛
这匍匐在柴达木荒漠上的盐晶
能否让我空无一物的内心终止颤栗
挽留住一粒盐的亮度，一滴湖水的来生

御道口牧场

我愿意这少女般青翠欲滴的牧草
是我前世尚未耗尽的情缘，和我挽手并肩
紧紧抱住御道口牧场及其近旁的丛林、山冈

偶尔有烟囱升向天际的草原和村庄

我愿意木兰围场晨曦中吃草的马群，塞罕坝微雨里的白
　桦林
和太阳湖上空鸽子一样滑翔的白云
是我刻骨铭心的童年和多愁善感的少年
溪流一样清澈，御道口牧场的夏天一样辽阔而纯粹

我愿意傍晚点燃的篝火、黎明铺开的大雾
是我在御道口牧场午夜的寂静中欲言又止的眷恋
篝火照亮的方向，辽河和滦河捡拾起少年时代的浪花
大雾褪去的时候，我还要选择原路，从北方回到南方

王文海

秋日：读草木

从树叶间凌乱漏下来的鸟鸣
多像一位医师无意点错的灸针
手法轻柔，让人在没有察觉间却又
刻骨铭心，就如最初的爱情

枯草上散落的光线叫做光阴
这些光阴被瓢虫轻轻含在口中
老树皮上的一只蝉宛若进入了涅槃
不动亦不叫，由枯萎而走向真理

那些蚂蚁搬运的都是自己的命运
它们偶尔也停下脚步，只是为了扶正
脊背上倾斜的天空，还有在风雨前
收集好森林所有金色的朗诵

想了好久，我只是这其中的一根草木
对于我的人生，草木之事是一件大事
我努力想靠拢的，是能拥有植物的心态
任春秋幻化，我只在鸟鸣中醒来

桑干河记

允许我将一朵浪花当做祖国
依水而居的人，大道至简
涛声成为唯一的呼吸，那些水鸟
渐隐渐现，多像我们召唤的流年
从深山到海滨，火把照彻一生
人间如此寂静，跑调的音符在河滩走神
忻语婉转，朔语温厚，我的先人
从河里走来，从河里消失
浪花逐日，每一片都存着温良恭俭让
必经的渡口，镂空了打伞的背影
允许我将一朵浪花当做母亲
落日里，乳汁白发，和她急促的步伐

吴少东

清　晨

喜爱此时楼体的灰白
在阳光到来前干净亮堂。
我手提公文包走下台阶
图书馆的塔钟正好敲响

十几只麻雀，立在枯枝上
像没有落去的树叶。
透过稀疏的丛林，看得见
河对岸慢跑的女子

月亮在西南的上空
薄得不能再薄，像下一秒
就会完全融化的冰块。
没有上冻的河水往南流淌

我和妻子各自驾车上班
放寒假的儿子在睡懒觉。
没见雾霾与街头的受苦人。
我爱这一天轻快的开始

熊 曼

阴 影

她在四月的树荫下，反复听一首歌
想着最近发生的事情，依然没有头绪

树林外落满明晃晃的阳光，万物各就其位
她在阴影中待着，与万物怅然相望

每当靠近阴影的边缘时，她便条件反射般
折返，重新回到阴影中

一部分春天就这样度过：她头顶繁花
和不规则的阴影，并不急于回到阳光中去

谷 禾

绵绵的桂花的香气袭来

绵绵的桂花的香气袭来——在街头
它困住了我——
绵绵的桂花的香气，以及水上不散的雾霭

桂树和香樟茂密的叶子里
找不见鸟儿的影子
绵绵的桂花的香气里，雨声沙沙的街头多么安静
打着伞走过街头的人们啊

我从马头琴的草原来
在绵绵的桂花的香气里沉迷，但真实的桂花在哪里？
小雨点湿了我的眼睛

请不要对我说桂花开在秋天
或说举目皆是
不要说过些时日它将把绵绵的香气和花瓣一起藏起来

这一城灯火也被雾缠绕，细草间的
月色多么不真实
而我沉迷于绵绵的桂花的香气，一次次走失了自己

去菜市场的路上听到鸟鸣

去菜市场的路上，
忽然听见路边的树上传来鸟儿欢乐的叫声。

一棵杨树。仅有一棵杨树。
但鸟儿的叫声
仍源源地从密匝匝的叶子深处传来。

一定有无数鸟儿。无数鸟儿
和一棵杨树。
但看不到鸟儿的影子，也没一只鸟儿飞起来。

一树鸟儿的欢乐的叫声！
在黄昏的光线里，在白昼隐入黑夜的肃穆时刻。

我停下来。默默地聆听
并注视着
这一树密匝匝的叶子。这一树鸟儿的欢乐的叫声。

彭惊宇

火焰山下

是太阳遗落在丝绸之路上的
一架红马鞍，燃烧的红马鞍

在它熊熊烈焰的火光之下
车师前国的国王和土著穴民们
从一片巨形桑叶里，蚕虫似的醒来

凝固的火云，逼退千里飞鸟
燎红了一个盛唐时代的边塞诗
突兀赤亭口，谁一骑单影落寞远逝

克孜勒塔格正以红砂岩的反光
映照着阿斯塔那的墓地和村庄
在这里，生和死多么宁静地联结在一起

听吧，坎儿井在葡萄王国的血脉里汩汩流淌
那些膝腿弯曲的挖井人，晒着太阳微笑
他们如炬的目光正闪动着坚毅的火苗

春天，我们翻起压埋的葡萄藤枝
催开桃李、桑杏和石榴的节令花

我们还要在七月流火中攀上高处的晾房
在十月霜降之时收摘完长绒的棉朵

烘烤啊，劳作的汗水和歌声一样咸涩
烘烤啊，幸福的生活和阳光一样甘美

当艾丁湖捧献出皎洁如月的盐晶
星光把火焰山和翡翠大地织成了暗花壁毯
阿娜尔罕为爱情焦灼、迷醉的一颗心
在深色壁毯上疯燃成另一重绚丽的火焰

高高的白杨树

我深爱着我的祖国，就仿佛
我深爱着准噶尔大地上的白杨树

那高高的白杨树，站在绿洲原野
成为我一生中感觉最亲切的好风景
祖国和我白杨的村庄，同是那般静美
看破晓啼鸣的雄鸡唤醒又一个黎明

铜铃叮当的马车，行驶在宽广的道路
高高的白杨树挥动无数银绿的手掌
在风中喧哗着，清清朗朗地歌唱着
我们曾经平凡而朴素的生活一路充满阳光

一根根白杨树，真像耸立的银蜡烛

在夏夜的溶溶月光下疯燃青春的火焰
多少双渴慕的眼睛繁星般迷离，闪烁
多少颗萌动的春心跳荡着激情的爱恋

谁人赞美过金色如桦的白杨树
它们黄金般的旗帜正猎猎飞扬于晴空
听吧，多少秋庄稼在说出沉甸甸的话语
多少年轻姑娘和红苹果们一起张开了笑容

高高的白杨树，萧落而又伟岸
峥嵘岁月里依然挺拔着精神和风骨
在那冰雪皑皑的辽阔疆土之上
我看见祖国苍青的白杨美丽如初

王兴伟

高铁时代

在从贵阳到广州的 D211 列车上
一个背包的小伙紧紧靠在窗边
像要把所有快速退缩的风景
都框在心上。列车飞驰
一闪而过的村庄储存着他不舍的乡愁

多么快，多么快
他想起时光如水，想起贫穷的乡下
车轮碾出的灰尘隔时空飘起

一双赤裸的大脚，十个小时也走不出的大山
就这样被时代，轻轻地掀了过去

这是一条时速 300 公里的高铁
列车飞驰，沿海与贵州的距离
就在弹指之间

潘　维

蒙古马

一

忽必烈的蔷薇，
异乡的死神，
抵御西伯利亚暴雪的烧酒；

蒙古马，蒙古马，
你已完成了永恒，
你矮小、雄健的坚韧已缰绳松垂；

那蹄声溅起的白云，
那被绿风囚禁的草原，
那疲惫者，像断弦的弓，光芒暗淡；

那使帝国膨胀的一道道幻影，
如黄河利剑，
刺穿白夜。

二

英雄，是比夜色还沉重的黑，
蒙古马
驮着这样的天。

长鬃上，北斗星的镣铐叮当作响；
蚊虫在给戈壁滩授精，
野生的睡眠赤裸。

那踢碎狼王脑袋的力，
向着高原
平静；

像一种无敌的铁血形势，
召唤着，
召唤着旗帜回家。

瘦西鸿

我的祖国

我梦见自己在这个星球上奔跑。踩过卵石的花纹，
踩过植物的根茎，踩过花朵的嘴唇。我的脚印翻飞
惊溅出宇宙间的繁星。我把自己跑到无穷无尽
不为丈量身下的山河，只想让迎面的风把我展开
在浩瀚的时空洒下我的体温，让它们串起我的脚印
共同组成我身体的疆域。我曾经自私地以为
只有我跑过的土地，才是我的祖国

我在前五千年的农具里奔跑，踩过火药和指南针
踩过造纸术和印刷的活字。那些皲裂的木纹穿过灰尘
布满多少代人的叹息。那些在泥土中躬身的咳嗽
长出了暗斑和锈迹。我奔跑着把它们领进博物馆
自卑地以为，只有记忆里的东西，才是我的祖国

我在时间的夹层里奔跑，踩过圆明园的废墟
踩过月球车的轨迹。踩着自己的影子越跑越小
宛如从嘉陵江汹涌的出口，跑到蜿蜒的源头
我只和干净的水滴为伍，只与洁白的浪花相依
我片面地以为，只有干净的流水，才是我的祖国

我在后五千年的网络上奔跑，踩过伊妹儿

踩过博客，踩过微信。让梦想牵引电子的视线
在显示屏里繁衍子孙。他们在另外的星球上画梦
梦想的花朵便开满人心。我印上温热的嘴唇
自豪地以为，只有吻过的亲人，才是我的祖国

一万年呵，我就是那个一直奔跑着追梦的人！祖国
当我吹灭一盏五千年的油灯，是你给我无尽的光明
唤醒我沸腾的血液，照亮我汹涌的呼吸
当我揭去衣领上沉甸甸的补丁，是你为我缝补征衣
温暖我单薄的身体，护佑我不再孤单的灵魂
当我刷新五千年的显示屏，是你画出一颗饱满的星辰
为我的颂诗铺展宣纸，为我的梦想插上双翅
当我欢笑，你就是我沟壑纵横的笑颜
当我哭泣，你就是我身体里奔跑出的泪滴！祖国呵

我沉默时，你就是蛰伏在我身体里的骨骼
像发射场银灰的火箭塔，目标直指蔚蓝的苍穹
我清醒时，你就是流淌在我经脉里的篝火
像从家谱里洇出的红，染亮整个家族头顶的晨曦
而当我歌唱，你就是方块字里启程的语音
背负跌宕起伏的古韵，绣成我胎记般的文身
而当我奔跑，你就是我足印里诞生的精灵
我小小的身躯到处都奔跑着你呵，我的祖国！

我梦见自己在这个星球上奔跑，像所有人一样
踩过一个乡、一个县、一个省，永无终点
踩过一秒钟、一分钟、一小时，永不停歇
我奔跑成一只大雁，为你划出广阔的天空

你还给我更蔚蓝的苍穹。我奔跑成一只蜜蜂
把最甜的蜜献给你，你赏赐给我更多的花朵

背负你的皮肤，我的身体就是你的领土
念着你的名字，我的荣誉就是你的旗帜
在浩渺的时空里，在无垠的梦想中
我就是全部的你呵，你就是全部的我

朱仁凤

春天的故事之一

爸，这是第二十八个春天
你看，春天又跑动了起来
大片大片的绿漫过来
占领了高山、田野、村前村后
爸，你说春天是希望的季节
站在田野，你嘴里叼根劣质香烟
眼里有源源的火
那一年的那一天
岁月把你敲进了大地
你就当自己是一枚坚果，回到种子
钉进你热爱了一生的土地
而我守在外面，眼眶温热
一次一次盼来年发芽
爸，你说过万物离不开泥土
把万物的种子放进泥土
就能长出新新万物
我多想，那年把你放进泥土
就能长出想念的爸爸。这么多年
我就守在你带我出生的这块土地
繁衍生息，看众鸟飞来飞去
并学会了用笔虚构人生

不曾向命运低下头颅
因为你和祖先们
把我举上大地的肩膀
我就必须给我的孩子，撑起世界
说起孩子
爸，你看春天就站了起来
站起来的春天
齐刷刷举起了金灿灿的油菜花
那么波澜壮阔，惊心动魄
填满了大地的空白
爸，齐刷刷站起来的还有村庄
这些站起来的村庄
高过春天，高过祖辈当年的盼望
爸，站在这大地的肩膀上
孩子又在弹拨音符
他的梦想，追着越飞越高的众鸟
高过村庄，高过祖先期望的目光

开往春天的列车

夜色被灯光切开
我所乘坐的客车，行至某个路段
正好与一列火车并列而行
长龙一样的车厢
载满来自天南地北的人们
与我擦肩而过
这些被列车载着奔向小康的人们

将会在不同的地点下车
列车将他们吐在某个地方
他们将在那里为奔向小康而奋斗
而我乘坐的列车
正向家的方向驶去
我的家乡已鲜花盛开
母亲正站在路口翘首张望
大姐在土地上播撒希望的种子
我的兄弟，开着货车追着小康，一路奔跑
我的孩子对着刚刚升起的太阳
用一把吉他，弹出一串跳跃的音符
而我乘坐的这辆客车
载着一群刚从异地归来的旅客
在家门口，刚刚停住

徐必常

打开一扇窗迎接轻风拒绝不了尘埃

打开一扇窗迎接轻风拒绝不了尘埃
在这个清晨，窗外景色别致
有的人一门心思关心大事却不在乎亲人
有的人只在乎亲人于是就把天空挖一个窟窿

有一只鸟儿喊另一只鸟儿，于是就有了比翼飞
有一阵风急不可待，于是就有了沉渣泛起
这都是在瞬间发生的，而且就在眼前
就在一粒尘埃向我伸出手的时候

我似乎忽略了一粒尘埃的力量
也忽略了清风对一粒粒尘埃的包容
有事物总让人纠结，多半是芝麻大的小事
这些小事多半被生活磨成粉

我不是基督徒，却免不了在胸前画十字
生活，如果我有一副翅膀
那么我就是鸟人，如果没有
那么我就不是鸟人。即便我成天做着飞翔的梦

打开一扇窗迎接梦想也不拒绝平淡

面对被生活磨成粉的小事，我选择拉他们一把
选择重新把他们捏在一起，塑成形，还原成本真的模样
或者佐以时间，直接发酵成美酒

如果轻风还一如既往地爱我
那我就一如既往地幸福
如果尘埃还一如既往地奔忙
我兴许会和他们走上同一条道路

许　敏

大地之子与一粒麦子的思念

落日磅礴，你是否
将这片似是而非的故园
认出
童年的麻雀在窗台上跳跃
一排排大雁
在新天地的亭台楼阁上
涂抹昂贵的油彩和技艺

我要讲述的是
东北平常村庄的半亩月光和一粒麦子
曾坐在你自行车后座上的半袋麦子中的一粒
冰凉的车把上仍有泪光闪烁
从深夜到黎明
为炉膛彤红的小五金厂输血

踮起脚，努力抵达心中盛大的阳光
麻雀，在最低的电线上
排着长队
大地流淌一道道闪电
这只是那个春天的一小部分记忆
你还要赤脚蹚过——

险滩，激流

从泥土里喷薄出来的滚烫的血气
让谦让的一角蓝天
获得了远景
从此，月光有了最美的弧线
高速路链接星光
产业调整给乡村灌浆
飞檐、塔尖、厂房、麦地一起呼出芬芳。

再一次写到波澜壮阔的海和你的泗渡
写到港湾、潮汐、帆影
写到春天的情怀和它开凿的人间运河
一粒麦子在赶海
以史诗般的喧响拍击时代浪潮
而波涛送来的不仅有你远逝的湿漉漉的名字
还有一粒麦子的思念。

杨　克

南海海眼

天是蔚蓝的上眼睑
海是湛蓝的下眼睑
通体透明的白云、浪花
翻卷的睫毛
掩映深不可测的海眼
无限的深蓝
看不见幽黑的瞳仁

大海是一头凶猛的母豹
永不止息地咆哮，腾跃
倾天下之水也难以填满海眼
永乐蓝洞美如豹斑
开在晋卿岛与石屿的礁盘中
一个无底之谷，它是
时间纵深处的休止符
归墟吸纳宇宙的风雨雷电

自上而下的海鸥跨海凌空
深入浅出的飞鱼不拘形迹
亿万斯年，它总是那样神秘
目睹明代赵述的宝船

和我今天乘坐的小艇，被同一个风暴
喊住。前行是涛声
再前行也是涛声

沧浪之上，一定有一个伟大的设计师
挥动时光之棒
指挥张牙舞爪的风暴
奏响众水交响乐
直到瞬间形成，这洞天福地

热带雨林

高高在上的那棵巨树不是雨林的统治者
它岂敢君临天下鄙夷万类
这里众生平等树与藤蔓恣肆汪洋
无数自由的绿手掌捧着阳光雨水
枝与叶纠缠不休，茎与秆纵长横生
树叠树藤牵藤绿色堆积如云像高大城堡
蕨类四处霸气漫延，溪涧的兰草也不谦虚
几条叶片下，两只点水的蜻蜓
水中屈伸颠踬地孑孓
再卑微的生物都拼命抢占每一寸生存空间
亚马孙河流域和刚果河流域
还有马达加斯加岛东岸
这些植物部落是救命的药房
在云南的西双版纳
凤尾竹与阳光偏爱的地方

野象走过的脚步声，天边滚动一阵沉雷

我看见台地上两棵望天树靠得很近

以相拥的姿势并立，这对饱经沧桑的老夫妻

棕褐色的皮肤布满纵裂，鳞片块状剥落

大榕树气根从树干上悬垂下来

扎进土中，继续增粗，一木成林

各自又被大藤小藤纠结

身后藏着红光树悄悄伸来的手臂

还被藻类苔藓石斛地衣重重围困

植物们拥拥挤挤欢欢乐乐

肉豆蔻、四薮木、黄果木、胡桐、美登木、三尖杉

它们承接天上的水，吸收地下的水

本身也源源不断分泌水

黑冠长臂猿从这根藤条荡到那根藤条

犀鸟鸣叫响亮粗粝，马嘶一般

一只振羽开屏的蓝孔雀

像高傲的王子，裹着华丽的披风

杨四平

想起那面飘忽的小旗

坐高铁回青春驿站，
一列火车开在另一列火车里。

窗外风景向后飞逝，
前方就是江城安庆。

老红楼里传来木地板的吱呀声，
充满蓝色多瑙河的调性。

一匹黑马哒哒而来，
几朵玫瑰幽香暗散。

我们举着红色的小旗，
闯进差点殒命的风暴。

我刚想同你谈谈理想与叛逆，
两列火车已悄然进站。

杨泽西

中　午

我收藏信封，但我不写信
话从心里跳出来它就长大了，成熟了，老了
我喜欢简单的、小巧的、最原始的事物

所以，我瞥见的阳光都喜欢折叠
那些透过窗子的阳光留下的褶皱里
都有一张张不说话的小嘴巴

一天之中，中午最适合沉默
我们都不说话，眺望着炊烟
让阴影一点一点解释出背面的含义

闲置的物体越多越好
无用的椅子和杂草，无用的纸张和句子
把人间过得全都无用，全都和自己无关

母亲在庭院里晾晒被子和衣物
她们都被裹在柔软的阳光里
此刻，我辨别出了所有事物的方向

叶　梓

多依河

朝南流淌的多依河啊
带走了流水，留下了水车
还在吱呀吱呀地转动

那些不知名的小花
也被留在了岸边

我
被留在一个年迈小贩的面前
她表情质朴，不善言谈
只会不停地重复一句："买点么?"
——语气里的恳切，含着隐忍
让人想到母亲的苦难
让人不忍心离开

她脚下的一篮子多依果
黄得惊艳

据说，此物治胃病
而我偏偏是一个在多依河畔丢了魂的北方男人

一 度

孩子们

孩子们走过桥头，暮春的早些时候
单衣裳还有点冷
他们都拎着五彩的玩具
走在赶集的人群中

如果不是他们跑过来
我还看不到这些散开的花衣裳
像安静的鸟鸣
就这么一下子，铺满绿茵茵的草地

杏花落

杏花落了，少年眼里
即将耗尽的青春

终有一天，给他的新娘
披上杏花的衣裳

月光下，一地的白
他们就那么
旁若无人地聊着天

张勇敢

我爱你

我爱你，以及一切以"玫瑰"来命名的风
他们总是无理由地吹起，又散开

我爱你，爱这个世界在冬天的时候
把自己覆盖成雕像的整个过程

我爱你，如同在夜里反复咀嚼粮食，咀嚼
具有相同属性的形容词

我爱你，因此，一首诗涉及的所有意象
都必须承担超过自身重量近百倍的意义

一首诗里，一部分的美好被称之为太阳
另一部分，则由你和春天组成

仲诗文

秋之夜

夜风吹拂着亮晶晶的星子

一会儿去西边

轻轻敲打

山腰上的窗棂

一会儿去东边，化身于山梁上

那些低矮的枣树

我乘流水泻了千里

没有蛙鸣

没有吱吱作响的虫子

流水响啊

惊动了月牙儿跃出山峦

迟疑着，才交出了山川、田野

交出了昏睡的狗儿、猫儿、牛儿

交出一茬困顿的乡亲

一片村落

一片叶子

一条小路

……都是我心中安宁的、小小的祖国。

聂 茂

刘胡兰

美丽而安详，光明的使者！你让长夜
停留在你的黑发里。微笑夭折了
粗暴的铡刀疯狂索取你的生命
十三岁，你从容定格在真理的旗帜下

向着黎明，你这新生的烛光
在东方最高处闪耀，你坚信
那扇打开了的门。道路漫漫
被厉风驱逐的寒流瀑布般直扑而下

敌人背叛了自己的诺言，暴跳如雷
而你，乌亮的目光在宁静中荡漾
小小的手紧紧握住乡亲们的悲愤
你用力摇晃，试图摆脱天空的压迫

没有声音。沉默将旗帜染得更红
你淌出的血在广袤的大地找到了位置
每一滴都穿过死亡的沼泽成为一块磁石
每一滴都播下希望的种子长成一个路标

雨水打湿了地面，你的忠诚更加清晰

黑夜淹没了头颅，你的形象更加夺目
光荣啊光荣，你在辽阔的背景下燃烧
你以亘古的勇气在残暴的刀口下绝笔

黄昏在鸟的翅膀上颤抖，我踽踽而来
歌声冰凉，我的文字沉重而清苦
远方的马蹄声声，英雄啊
我看见你固执地守在路口——

等待日出！

曹宇翔

桃花岛之春

一枝明媚桃花在中间摇曳
古城姑苏园林居西，上海在东
这是烟雨迷蒙的傍晚时分
水上巴士向湖心岛靠近。嬉闹
跳荡，十万桃花面朝春风

翠柳码头如洗，岸上一块
巨石，像拱出地面的春天芽苞
"桃花岛"三字也一笔一画地盛开
层层叠叠对应湖水波纹。草径
鸟鸣，喊出一岛春雨寂静

我们刚刚走过环湖纷繁高科技
葱茏丛林，研发创新，芯片，纳米
智能时代……绽放人类稀世之美
自然之美，美美与共。绿枝
红朵，春意朗照斑驳光影

肥沃夜色长出园区芬芳灯火
天空收起雨滴，我收起怦怦的心
富丽之乡，小岛是一朵硕大桃花

春风吹拂祖国。我们恍若风中之蕊
花瓣灼灼，散作夜空童谣星星

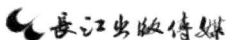

图书在版编目（ＣＩＰ）数据

新时代诗歌百人读本 / 李少君，符力主编.-- 武汉：
长江文艺出版社，2019.8
ISBN 978-7-5702-1166-1

Ⅰ. ①新… Ⅱ. ①李… ②符…Ⅲ. ①诗集－中国－
当代 Ⅳ. ①I227

中国版本图书馆 CIP 数据核字(2019)第 142414 号

责任编辑：谈　骁　　　　　责任校对：毛　娟
封面设计：风雅颂文化传媒　　责任印制：邱　莉　　王光兴

长江出版传媒　　长江文艺出版社
出版：

地址：武汉市雄楚大街 268 号　　　　邮编：430070
发行：长江文艺出版社
http://www.cjlap.com
印刷：湖北民政印刷厂

开本：880 毫米×123 0 毫米　　1/32　　印张：7.625　　插页：2 页
版次：2019 年 8 月第 1 版　　　　　2019 年 8 月第 1 次印刷
行数：6148 行

定价：36.00 元

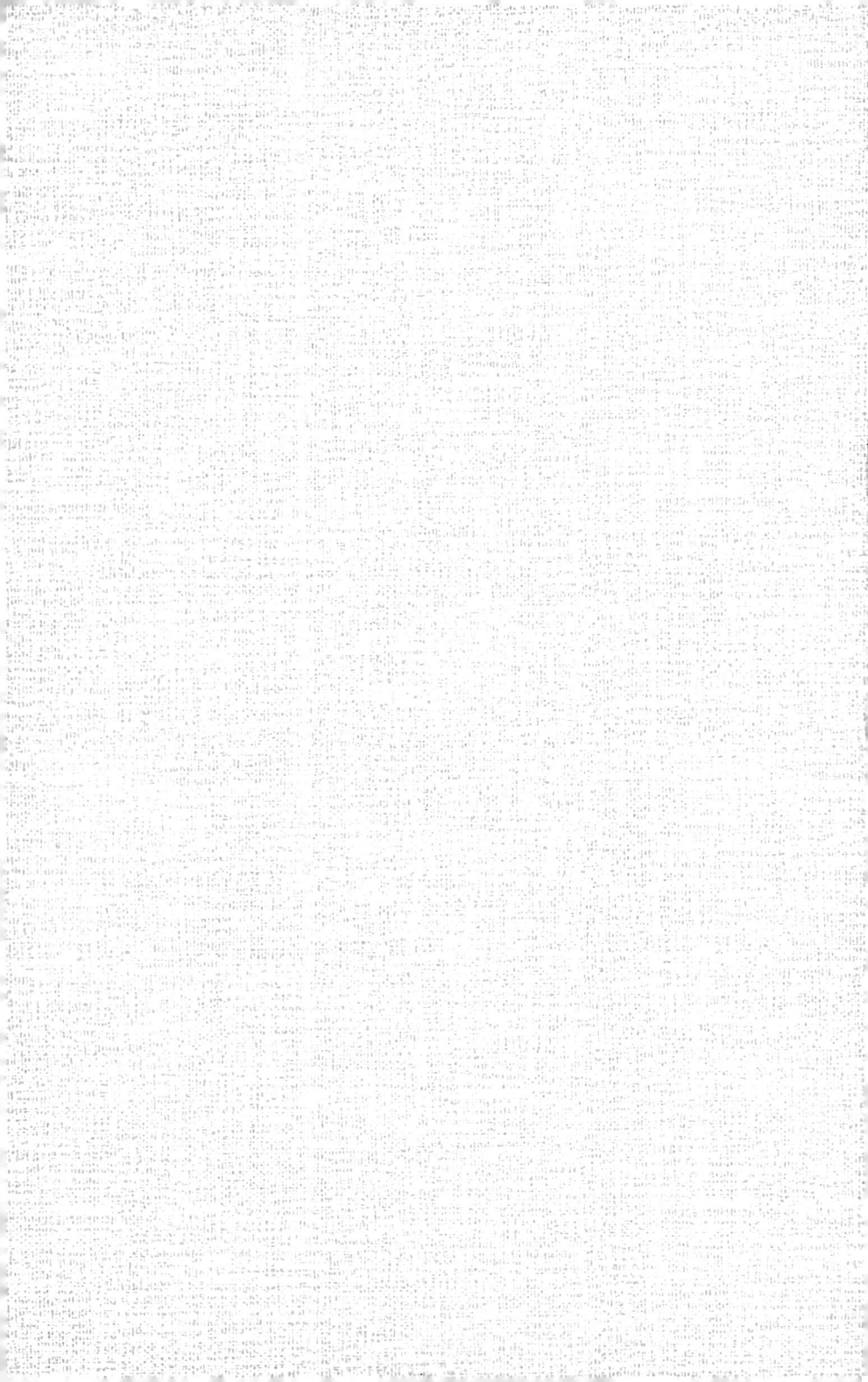